椰子里的
内陆湖

贾浅浅　著

人民文学出版社

图书在版编目（CIP）数据

椰子里的内陆湖/贾浅浅著. —北京：人民文学出版社，2020
ISBN 978-7-02-012957-7

Ⅰ.①椰… Ⅱ.①贾… Ⅲ.①诗集—中国—当代 Ⅳ.①I227

中国版本图书馆CIP数据核字(2019)第129506号

责任编辑　孔令燕
装帧设计　崔欣晔
责任印制　任　祎

出版发行　人民文学出版社
社　　址　北京市朝内大街166号
邮政编码　100705
网　　址　http://www.rw-cn.com

印　　刷　三河市中晟雅豪印务有限公司
经　　销　全国新华书店等

字　　数　70千字
开　　本　787毫米×1092毫米　1/32
印　　张　10.375　插页1
印　　数　1—3000
版　　次　2020年1月北京第1版
印　　次　2020年1月第1次印刷

书　　号　978-7-02-012957-7
定　　价　39.00元

如有印装质量问题，请与本社图书销售中心调换。电话：010-65233595

目 录

第二辑　月光按住了所有人的影子

A　风吹过时间的河流

第四辑　夜幕在她手心里降临

A　Z小姐的世界

浅谈浅浅诗

李敬泽

浅，不深也。那人为女儿起个名字，沉思深想，得一字曰"浅"，不要深，深则险，平而顺就好；又思顺生如水，平则无定，重帘不卷留香久，古砚微凹聚墨多，微凹者浅，遂又得一字曰"浅"，浅而又浅，是为浅浅。

浅浅姓贾，西京长安人氏。后来贾浅浅做了诗人，成一本诗集命余作序，余大窘：使不得也，我不懂诗。浅浅笑：懂一点儿就好。

好吧，这可是你说的。确实我是只懂一点儿，好读诗不求甚解，说的不是别人，就是我。以不求甚解之浅，也看得出浅浅之诗不浅，自以为懂一点儿就斗胆说一点儿，是为浅谈浅浅诗。

英国诗人奥登，这是我特别喜欢的诗人。但说句实话，我之喜欢奥登不是因为他的诗，我就没读过他的诗，我喜欢的是他的文论和随笔,有一种英伦式的一本正经的刻薄。看文学家谈文学,通常是越看越糊涂,笙歌归院落,灯火下楼台,深一脚浅一脚,不知世上到底还有没有个明白。但奥登论文,常常一下子亮了,被他的刻薄照亮。比如,他承认每个诗人都会为自己发明一套理论,这套理论的最终目的就是:"别读别人的,读我的。"——平日读诗人高论,常想起奥登这句旁白,不禁莞尔。这其间其实也隐含着诗与小说之别,小说家也不是不想围绕自己发明太阳系乃至全套的宇宙,但小说家的问题在于,他们的职业内在地预设着某种现实感,他们不得不承认,很遗憾,地球在这儿,太阳在那儿,然后咱们试着看看有什么别的办法。

奥登是诗人,但也写评论,也做讲座,他坦然承认,这主要是为了挣钱维持生计。然后他对他的评论的前提和原则有着清晰的表述,比如他说:

"当我读一首诗时最感兴趣的是两个问题。第一个是技术的问题:'这里有个词语的精妙设计,它是怎么起作用的?'第二个问题是最宽泛意义上的道德问题:'这首诗中栖居着一个什么类型的人? 他对美好生活和美好处所的观念是怎么样的? 他对恶魔的看法如何? 他对读者隐瞒了什么? 甚至他对自己隐瞒了什么?'"(《染匠之手》,上海译文出版社2018年1月第一版,第71页)

奥登总能说到我的心里。我现在已经算不上一个批评家，如果我必须穿越回去一头扎进一个批评家的身体里，那么，我选择奥登，虽然我不喜欢他的长相，每次看到他的照片我都有一种抵触感，我认为奥登的长相太美国而太不英国，当然他最后确实成了一个美国人。

言归正传，奥登的两个原则也是我的原则，现在，浅浅的诗集摆在这里，我就照这个原则试着说说。

浅浅的词语和句子。——那是好的，我怀疑，很多时候，浅浅的诗是被某个句子所引发、所带动，或者说，有了那样一个句子，她不得不写那样一首诗，或者说，仅仅因为一朵花开一声鸟鸣，她就拥有或失去了江山。

比如，"列车到站的黄昏／这里刚下过雨／一切都是刚哭过的模样"（《风的逃跑》）——刚哭过的模样！比如，人心是什么？不是，也许是，然后"或是初冬之时／累死在空中的一只海鸥"（《海鸥》）；比如，"那些披麻戴孝，浩浩荡荡的队伍／被一辆又一辆呼啸而过的汽车冲断／嚎啕的哭声／也被汽车拽走／像一盘刚被夹起的拔丝山药／人们继续举着这些发硬变脆的哀嚎／横穿马路／把它各自栽种在先人的坟前"（《上坟》）；比如"岛屿在看我，看我把身体里的盐／一点点加进那杯水里"（《置换》）……

当然，引述这些句子暴露了我自己的趣味，高也高不到天上，低也低不到地下，我所喜的是古人论诗时所说的那种"响句"，响了亮了，在词与词、事物与事物之间横下决断，建立起新的关系和结构，一下子，词与物同时被照亮。刚才说浅浅的诗被句子所引发，这不准确，准确地说，她是以词思考世界，一个一个词在凝望中联翩而至，词与词惊异而精确地遭遇，世界于是如诗。

浅浅沉迷于这个游戏。在这部诗集里，浅浅是一个惊人的高产诗人，从诗后标注的写作时间可以看出，她在2016、2017、2018年写了很多诗，有时甚至每天都在写诗，她沉溺于诗。

浅浅显然已经为成为一个诗人做了充分准备，她熟悉那些外国诗人——现代诗的神祇们，她熟悉中国古典诗歌传统——她的口音里有本能的古意；同时，对中国诗歌当下通行的抒情风格和修辞调性，浅浅真是烂熟于心啊，有时我甚至觉得，浅浅是怀着一种儿童般的得意证明，那风格和调性对她而言是多么轻易、轻而易举。

如果我们相信奥登所说，每一个诗人都是一个"疯帽匠的疯狂茶会"，或者一个时空错乱的古董杂货店，那么对浅浅来说，茶会已经开始，店铺已经开张，她已经把足够多的诗人内化于她自身——每一个写作者注定是一个场所，众声嘈杂。然后，或许是在某个时刻——我很想知道那究竟是什么时刻，浅浅忽然发现在众声之中和之上，响起了她自己的声音，渐渐明亮，似乎可以把这声音像灯一样举起来，在那一时刻，她确信，她是一个诗人，她满怀惊喜，欢乐地、挥霍地写诗，她觉得这世上存在和不存在的一切都值得写，都将成为诗，她能量充沛，她恨不得照亮一切：每一个季节、每一个场景、每一处走过的地方、每一个封存和流逝的瞬间……

然后，我们就读到了这么多的诗。在这些诗中，栖居着一个什么样的人？或许，她最深的期望只是，这个世界对她好一点，她对恶魔没有什么感受，但她的问题是，她有一种深长的不安全感，她最终发现，她可以隐藏于诗，词语被精心构造为另一重、无数重自我与世界。

——我知道，我正被我所信任的奥登引向一个危险的方向，我其实完全不了解浅浅，我甚至不能肯定是否见过她，我只是她的读者，我想说的是，在我这样一个槛外人门外汉看来，有的诗不一定是为了表达自我，有的诗使人成为流动的中间体，或者说，有的诗有意或无意地呈露了自我的流动不定，在澄明与隐藏，灯光与暗影间，有的人成为了诗人，浅浅就是。

然后，为了写这一篇序，我特意从网上搜出了浅浅的访谈,看完了我就笑了,浅浅在整个访谈中都在努力证明一件事,她如何不是她自己,她居然完全不知道这个时代的诗人是如何为自己发明理论的,她天真地、不熟练地力图把自己纳入一个她所设想的"我们"。她还没学会如何冷冷地告诉大家:"别读别人的,读我的。"

这件事,我怀疑浅浅是学不会了,她不太可能以这种方式与世界相处。

那么好吧,我替她说一句,低声说:这里是浅浅诗,读吧。

谨序。

2019年7月23日凌晨

第一辑

按下所有的默然

沉默的朱唇微启未启

倒叙时光

石楠,是有脾气的树
它不像法国梧桐或是白皮松
把自己长成一根惊堂木
也不像金桂会开出一把把折扇

它是压住天空的镇尺
每日只盼流云

它的花　处处是闲笔
却处处有鸟儿停顿

闲来无事可做
捡拾风穿过它留下的只言片语

2018.4.28

秘　境

午时的阳光是药师佛

檀香在打坐

头上的雪在一点点融化

一切都在光影中绽放

我们,撕开北方与南方的

封条:一切正是时候,总有

布满箴言的影子

觊觎我们的容身之处

身边的白水晶压着记忆的线条

我们全身发烫,看着纸上的瞳孔

一步步靠近

四面八方新鲜的风

吹着转世的《诗经》

2018.11.8

1

我把你这些话
当作簪子,绾一个好看的
飞天髻,当着漫天的晚霞
藏在风里
藏在,月光写给大地的信里
而信埋在你的怀里

2

他的泪水比乐器还要亢奋

当一个女孩爱上一匹马的时候
她从此就爱上了这个世界

3

此时,一片树叶的倒影

正安静地落在另一片树叶上

它们睡得那么甜甜

就连风也不能把它们分开

这多么像草原上,马儿们相互把头

靠在对方身上才可以甜睡

2017.8.10

田　野

掌纹里下起了雨
冲刷掉所有交叉的虚线

背后的油菜花还在这个季节
使用着各种标点符号

麦田捉住了一只乌鸫
连同那棵一无所依的梧桐
在四月里苦行

雨还在从远山上飘来
我坐在石堰上
看了又看我的掌纹

2018.4.12

五　月

猎豹的嘴里噙着

羚羊的黑夜

大地在认领树的情绪

告诉我,你

要到来了

2017.11.13

黑　马

它不是具体的,却被每一天
漫不经心地打磨
当我
在从前的花园移走盛开的部分
它就是留下的空白。
当我抽出踏在今天里的脚踝
它却在海水里喊出
我的名字——

生活里有数不清的疑虑
都是它的阴影。我是多么想在它之前
就能用我的嗓音
让落叶
再落一次。

它会四处寻找我的爱情的

剩余部分:它无形的瞳孔里

奔跑着

我的黑马。

2018.8.9

车前子

三月的山,接近我的芬芳
阳光骤然吸住了我
未说出的话语。成片的打碗花
泼洒在草地上
是月光没有收回的梦

而那并不柔软的山路中间
盛开着车前子
一朵、两朵、三朵
似乎我的脚步
不能缺少它的色泽。踩上去
便感觉到轻微的惊叹——

似乎一步一莲。那
佛前供着的莲和此刻脚下的莲
怕都是佛,变幻着我的语言

改变着我的时间。车前子
一定嗅到了我的吟咏

2018.3.20

西游记

一朵一朵的云

在山顶,七十二变

看得山上的树直拍手叫好

大喊:师傅师傅,您看!

唯有山闭着眼睛心里明白

那些全是妖怪

2017.8.12

空间的故事

墙上有海
浪把我们拍打出来
两条害羞的海马
以微笑当桨
快速划过人群

墙角
那只
琥珀色的猫
站起身
将自己抵押给
对面墙上
那面巨大的镜子

2018.2.8

我去过秋天

在黄昏落地。我带着两瓶赤珠霞和一个
愿望,赶来见你
一周前,我特地去剪发
友人们都遇见年轻了五岁的我
他们追问我的喜悦,而我笑得明朗

是的,我带着我的故事来
要一页页翻给你——
像难以稀释的尘土之美,飘浮不落

院子里,我嗅到八月的气息
你说过桂花盛开的时节,我们会紧紧拥抱
如今你却兀自开在树梢,不来醉酒

青海湖的盐可用来煮茶,你言喻的"花儿"
可用来下酒。下次相见

会孕育什么样难以觉察的心绪
但头发会长,会又老了五岁——

那时,"花儿"又会绽放,
桂花可否酿酒?

2018.8.30

取景框

每个航程,都仿佛
与世隔绝。在万米高空
几乎所有的美和记忆都与我疏远

我以恬静的远行来抵消
生活的紧张。此时可以从容地
让自己在思想中赤裸
仿佛来自遥远

窗外可见
云海之上,洁净的蓝
这被双眼祈求的取景框啊
仍可见秘密的潮水

每一个构图都有大量的喧哗流逝

也有沉默的朱唇微启

2019.9.19 西安至北京航班上

无　题

那些稍纵即逝的充盈
在偶然的波涛里暗合岁月的冥想

以梦为马者，他私藏忧郁的土壤
足够扶起我沉默多年的浪涛

你站在那里，害怕有更好的选择
而思想的起始却已遥不可及

虚构的钟声充满在我停留的地方
我听得见踌躇的云朵包围他的言辞

在低处

哪些漫不经心的地方可用于
隐约的殉情者寻找秋天的纸片人——
最后的日子,他们双足赤裸于充血的沙土,
没有一片树叶会紧紧跟随,
有人垂泪或大笑,
有人在这样的地方仿制了自己。

总有一些不可告人的缘由,
你站在那里,害怕有更好的选择,
而思想的起始却已遥不可及,
假如有一只落单的鸟——
最好能落上你的肩头。

2018.10.22

B

在我身体里变成你的影子

水仙，不会凋谢

我们在它的花期里
找到一部诗歌，摇曳，摇曳
松果落下萤火也落下
我们筑巢之处是它的第一个岁月

它绽放，它幻想出我们的轮廓
除了它的声音，还是它的声音
过去和未来
它的冻龄，惊飞屋宇缤纷的草叶
我们亲吻，它看见我们掌心的帝国

宁静，放肆，那丝绸的帐帷
现在鸽哨临近了
且把夜幕系于一旁，以它的幽香压住思绪

2018.9.13

我的"的"

在我的诗里
那些靠近动词的"地"
像是从热带雨林爬出的瘴气
会催眠每一个刚爬上枝头的词语
我必须趁着暮晚,将它拔去
换成月光下好看的"的"
让它的洁白
变成一窝可爱的小兔
蹿入我的每行文字里

2017.9.27

早　安

晨光响亮。摊开的书页,咖啡,
金色的眼睛,秋天的面孔在细浪中游动
耐心如我。我备好色彩。
屋外尽是时间的虫蛹
轻涌着。而我会有持续不断的心情
给每一天,给遇到的黑暗碎片,以及
敞开的远方。

2018.9.14

午　安

我不能久久盯住南方

以梦为马者,他私藏忧郁的土壤

足够填出一个海岛

扶起我沉默多年的浪涛。

一年之中总有几天失重的日子,

也总有孤鸟栖身于我画出的树,

我如此地想,我的脚踝

已踩住了海水。

在午后

虚构的钟声充满在我停留的地方。

我听得见踟蹰的云朵包围他的言辞。

而他拨开雾障就能在他的视觉里

拍打我的天空。

2018.9.14

晚　安

皂荚树附近有芒果树出没
草地背对着夜,夜有纤细的腰
那偶尔落下的星星
会不会被梦吃掉

无处相遇的人都要睡去
晴朗的泪水会被琴声收走
树叶穿针引线
灯火阑珊处行走着无声的楼梯

酒不隔夜,晚潮卷走嘤飞之物
蜂鸟转向雨,我的指尖上
残留你的呼吸:当你
在树的深处被我发现

那就对你说"晚安"

那就把皂荚和芒果摆入果盘
那就让我的头发化作乌云
陪你一起逃跑

2018.9.14

红　狐

乳白的杜松子酒

灌醉了一树的桂花

一只红狐

站在月光修剪过的阴影里

望着你

它是来召唤，你梦里的

另一只红狐

要带它一起穿过城市的瓦砾

丛林的溪水和沙漠的海市蜃楼

去看日出前那即将失语的星辰

去看星辰下

海市蜃楼的沙漠和溪水的丛林

以及瓦砾中沉睡的城市

2017.9.7

道　别

雪从眼白中飘出
我在人群中转身,挥手
跟着我继续往前走的
是嘴里含着薄荷味的影子
"嗖"的一声,它追上了
枫叶上的一声鸟鸣

海 鸥

我常常想，人心
也不见得都是肉长的
它也许是子弹、沙粒和仙人掌
或是初冬之时
累死在空中的一只海鸥

秋

所有的句子,都竖着身子
长成秋天的芦苇
微风中,那里停歇着
草鹭和我即将折断的叹息

2017.11.4

初　夏

带一瓶
红葡萄酒,给初夏盛开的清晨
露珠变成醒酒器

那时湖面柔和
有树的倒影、婉转的鸟鸣
还有嬉戏的水鸭

像两株漂荡的水草
纠缠在一起,水面之下
我两腿攀附着你
然后腾出十指
围拢着你的脖颈
用笑意谋杀你的双眼

2018.1.7

显影剂

1

有那么一刻
从你的面目表情
我读出了你笔下的烟火气
这比终日被敲击的木鱼
更惊心动魂

2

笑容是用所有哭泣的纸巾
叠成的一朵花

我要你吻我,把所有的爱镶嵌在
我的体内,它们会像宝石一样
在黑夜闪闪发光

3

让我雕刻在坚硬的空气里
做着浮生一样的梦
那么多理由将初衷颠覆
裸露出无处遁藏的尴尬

你

星期六　摇晃在枝头
仿佛它从周五长过了头
树影从墙壁上剥落,咖啡
是打给午夜的欠条

一切都只剩下你手指翻动
那个夏天的痕迹
像钟乳石在慢慢聚下一滴水
我等待着阳光在我身体里
变成你数不清的影子

无　题

我的食指上缠着黑色的光束
它会按下所有的默然

2017.12.14

银　杏

整个下午,我把自己
想象成一片没有茸毛的
银杏叶
不断剪下三月的春风

所有明艳的倒影
都退回蒹葭第一次垂首的苍茫

那些忧伤也从浓烈处慢慢分开
一切都平静得没有棱角
像是站在苍耳旁四季交替的山坡

2018.3.26

马

云掰开了一座座山
从峡谷里、草原上
一匹马就向我跑来

它靠近我的时候
放慢脚步,用长长的马尾
轻抚着我
那马尾是初到人间的礼物
是与风的周旋
是情人间默念的震颤

2017.8.13

风的逃跑

列车到站的黄昏
这里刚下过雨
一切都是刚哭过的模样

风有一点犹豫地拍在脸上
有一股淡淡的薄荷味
梧桐在年轮中写道

我和你坐在室外咖啡馆,白色藤椅
啜饮着瑞士8月小城的自由
天渐渐暗下来
为有些疲倦的眼睛,点亮了
湖对面整个山坡上的灯光
我们谁也没有望着彼此
就这样坐着
等待风的逃跑

那些星光下的灯光

成为后来我回忆里——一条天鹅绒

围巾

2017.5

午睡前游来一条鱼

那些稍纵即逝的充盈

在偶然的波涛里暗合岁月的冥想

它引来浅蓝的色彩

隔开沉睡的镜子和墙

真实的手却可以拨开宁静

留下空白

2018.8.24

聚　合

1

地平线升起数不清的云朵
它来了,简单明了
那坠入子宫的猛兽

2

孤立,健壮,让它吸干
不安的大海——
当醒目的事物在空白书页里狂奔不停

3

从古至今都有轮回的雪
在已知之域降落

在未知之域回响

4

合而为一，把秘密抱得更紧
根须之上自有四季
鸟语花香皆有梦痕

2018.9.13

三月和九月

那怀里藏着朱文印章的人
可记得轻罗小扇并坐水窗的时光？
三月的风曾经那么尽情欢快，
谁的眼泪大于海洋？

铺设的光线慢慢沉下了，
街灯罩不住箫管秦楼，
谁能复制云朵？

春去秋来。九月的雨
纷扬在目光触碰过的城墙内外。
仍有抬手见飞云过天的静谧，
仍有叠嶂的山峦延伸向南

那隐匿在书简里的人

是否还会被笛音送往他乡？

是否被他的宋词追赶？

2018.9.30

讨论一匹斑马如何自救自己的尾巴

月　夜

镜子里,月光从地上
扶起树影
我们都一同伸长了脖子
望着天空

你我手蘸星空
舔尝遥远

屋檐上趴着的猫
水池边的蓝花藤
一动不动的壁虎
都在波涛汹涌的夜晚
衔着自己的星星四处泅水

2018.2.18

江　南

六月,长乐未央
团扇邀玉兰来此纳凉

梅子酒酸过了去年的
软语糯词

漏窗里的光线
打湿了,茶盏里冉冉升起的霓裳
舞姿

原来春心无处不下悬*

2018.6.25

....

* 汤显祖:《牡丹亭·懒画眉》。

约　定

芒果树时常出现在
那被星星簇拥和被花朵梳理的时日
当我为一个奇迹躁动不安
编钟的声音在耳边响起

必须有孤独的旅程
逆流会在瞳孔深处突破黑暗
那无所顾忌的美，敲打身体中的罂粟
无论有多久，让灯烛攀往更高

到达我唇上的精灵，有金属的光
照出我密封的惊梦——
成群幼兽撕咬秋色
风仍绵绵不绝于草木之上

2018.9.27

湖　畔

风是柔软的,湖水微澜

在你瞳孔升起之处阳光触摸我裸露的

手臂,鱼绕过水衫的根须

没有人知道我解开

秋天的衣裳

像光在水面滑过

天籁再次发生,湿润我的身体

命名时刻,太阳雨纷扬,当你持久地

在水面张开翅膀

当你飞起

2018.9.16

置　换

那座岛屿
和我隔着长长的海和一张床

我枕着手臂,平视着它
房间里只容得下一杯白水

从一个城市逃向另一个城市
其实只是从一个房间进入另一个房间
岛屿在看我,看我如何把身体里的盐
一点点加进那杯水里

2018.10.2

雨　后

树叶一遍遍地在风里
按下自己的手印
巷子里卤煮的味道
像一根根蒲公英别在狗毛里
而狗急不可耐地在水洼里寻找
下雨前的爱情

是的,爱情
在落雨前就沉睡在
街两旁藏青色的楼房里
活像一座座墓志铭
只有在泪流不止的夜晚
那些文字才偶尔走动

2017.8.20

风　里

　　敞口的毛衣下摆

　　风代替了你的手

　　摸到了我温热的后背

　　它正在询问我的每一节脊椎

　　是否里面还藏有冬天的苍老

　　我多希望它就这样一路向上

　　解开内衣的钩链

　　像捏住松糕上一颗尖叫的树莓

　　带我在人群中转身消失

2017.9.26

海　洋

食指引来的是一道小溪

它绕着我流动

托起我

在海洋上漂浮

任它把时间分割成无数星空

仿佛你手持着烟花

慢慢向我靠近

不息不灭

不增不减

夏　天

这个夏天的蓝色睡莲即将盛开

你躺在我的臂弯

像是嬉戏的海豚

白色的床单上

太阳描摹出你的轮廓

一遍又一遍晕染在我的眼里

薰衣草似的云朵

开遍整个起伏的山坡

我祈求时间

可以裂变

可以穿梭

在每一个时间单元里

我们都像风掠过树叶

海抚摸着鱼儿般重逢

2017.7

阳光照在银杏树上

阳光好的日子,想和你一起
亲吻每一根香烟

鲜红的脚趾,斑驳在你的腿上
朝你的脸缓缓吐出一个烟圈
再看它渐渐将你的脸收缩

然后我们一起
抬头,看云
看树叶紧咬着风
讨论一匹斑马
如何自救自己的尾巴

2018.4.18

春 游

下山的时候
我的手轻轻地搭在
你的影子上

手的影子
也轻轻搭在
你的影子上

像南蛇藤
望着山角转弯处
盘旋的气流送喜鹊回窝的
那一声啼叫

2018.3.20

凝　望

未曾去过的唐朝

琵琶的琴弦,弹软了

沙洲的月光

没人能狠下心肠,不买

张若虚的账

眼看着年复一年

月亮越翘越高

压不住那墨迹斑斑的诗稿

2017.9.11

车过哈尔滨

此时，黑色土地
上空的那片云，被染成黛青色
像满腹心事的薰衣草
望着夕阳的样子

她追随身旁白色的云朵
那些有时是白桦
有时是陶土的白色云朵，流浪
是苍鹰的翅膀掠过大地

在她灵魂上刻划过条纹
在雨天朝她的身体弹过墨线的人
都遁入黑色的土地化为乌有

只有她的双眼，那片黛青色的云
还在天空之上

在祖父的后花园*

流浪……

   *   萧红：《后花园、祖父和我》。

等　待

手指常常像撮口音般用力
如同摇橹的人
分开水的千叠缝隙

今天,恐怕再也难听到
汉罐里
与纤纤擢素手,一起出土的
孔雀东南飞

我们依然抿着嘴
站在水系充沛的南方
等待候鸟落下的羽毛

2018.4.13

回　忆

鸟鸣啄破了寂静
月光洒落在你的诗里

凿开月光的岩壁
流淌出白云般的蜜

我该用什么接住这流淌出的蜜
涂抹在我冰冷的额头

2017.7.13

天　空

天空顽皮的模样
是晚霞里一只飞鸟的模样

是把火山埋进厚厚的积雪中
再偷偷移来一朵云,放在上面
作为标记的模样

是衔起古怪的海洋生物,把它们甩在
雨滴的咒语里的模样

无　题

　　　　夕阳并不知道我们来过，
　　　　也许它从未看见我们离去。

陪　你

陪着你仰望星空,陪着你
命名其中的一颗星星。

它必定属于你:你的山脉,你的平原;
你的河流,你的海洋;你的

生命的觉醒,生活的信条,
水与火的淬炼,自由与快乐的获取;

它静静地悬在它的位置,正如
你现在期望的爱的图腾。

也陪着你在天幕之下入梦,
梦着翅膀在树枝上张开又合上。

它会轻轻呼唤破土而出的马匹

朝向天上最耀眼的光芒。

2018.10.8

第二辑

月光按住了所有人的影子

风
吹
过
时
间
的
河
流

干将篇

松生石上的雪落满了
一动不动的鸥鸻

干将坐直了身子倾听风的空隙
脑子里全是淬火时的白烟与火焰
他回过头来,舔了舔干裂的嘴唇
说:孩子叫赤吧

三年前楚王召他进殿
赐给了他一块纯青透明的铁
他就明了自己如同来时路上
那只吐丝的人面蜘蛛
裹住飞蛾的同时也正是被鸟啄走的时候

一天天地铸剑
一天天地在听松针落下去的声音

有时候碰到石头

有时候碰到皮毛

他越来越专注

就连腹中胎儿拳打脚踢的模样

他也顾不上

他的野心是没有野心

雌雄双剑,天下名器

怎能落入一人之手

德不配位者必折之,也罢:留给赤儿吧

话刚落音,一阵落雪,鸥鹇飞走了

2018.1.19

眉间尺篇

第一次这么仓皇而逃
他闻到了花椒树的气味

没有人告诉过他的父亲是谁
所有人的眼神都像寻食而来的锦鲤
凝望三秒钟后又摆摆尾巴游走了

有一次母亲带他爬过门前南山顶
在太阳刚刚出来的时候
曾放声高喊过他的名字,那声音
挂在了每一棵树梢上不肯坠落

从那一年起,他的喉结长了出来

但是如今,他却如刺猬般藏身于
山脚下,朝着家的方向长跪不起

干将！那是他的父亲
同他背上这把剑的名字

京城,他如何再去
少年人的眼泪涌了出来

眼看太阳渐渐暗下去,门扉一般
慢慢关闭,山林里所有的骚动
他不由得如狼般长嗥一声
血液倒流

远远的,他看见一个黑点朝他而来
他屏气凝神
像冬青凝望着雪松
冰柱靠近火把
他站直了身子等待着……

侠客篇

小说里这样写道:"我只不过
要给你报仇!"*

这如同在坦桑尼亚大草原
对准角马迁徙的
一把虚构的猎枪

而猎人与猎物,仿佛都已在剧本中
展开各自的命运

三月的卦象是泽天夬
春分和秋分是一对龙凤胎
它收割了大地上的一切爱恨情仇
让人们在大快朵颐时
腾出手来为三王冢拍手叫好

----

* 引自鲁迅:《铸剑》。

风吹过时间的河流

光线穿过椰枣树般张开的墙壁和窗帘上的
弹孔,汇入黑胶唱片里的
幼发拉底河

很多年前,他也曾这样坐在
床边,默默听着。
那时有月光,也有孩子们的
笑声。

他抬起头,就能看见天上翻滚的云——
像露头的白熊,呼啸而来
又若无其事地散去

他不相信每次的唱针都停留于
相同滑音,如同

荒原上的波斑鸨,在张开羽毛吸引雌性的时刻
忽然被猎枪的子弹击中

缄默是一袭黑袍,像从前
孩子们跪在地板上玩不倒翁,月光按住了
所有人的影子

他有些恍惚,不知自己是否还埋在
四十年前的影子里。

风吹过来。宣礼塔,与手中的烟斗
同时冒烟

2018.5.7

《山本》读后感

炮弹震破另一时空。往生者
在铜镜里相见:他们没有叫喊,没有哭啼,
他们在丧钟的高音区里抖落
一世的尘土。

草木摇曳,禽兽奔突,
那提着灯笼走路的盲者啊,始终听见
黑色的河与白色的河冲刷一个地名,百年惊梦
不过是尺八吹奏出的阵阵硝烟。

在瓷器的国度,赶龙脉的人依然
步履匆匆。他们明知道是自己的脚步响,
却觉得被脚步响撵着。而所有事物
正在远去,越来越远。

而仇恨不是唯一的痕迹,当你

凝视一口古井、一只猫、一棵死去的老皂角树
或三分烟脂地、颓败的城墙、钟的碎影
这些事物亦久久将你凝视

钟的形状消失不见了，但声音却
永久地回荡在秦岭之巅。当我到来
当我在那摇曳的回声里寻找我纯粹的存在
我看见此岸与彼岸之间，黑与白的融汇。

2018.6.23初稿，9.3修改

河里站着废弃的桥墩(之一)

1

悬崖上,老鹰正用喙

拔掉所有爪子上

老化的趾甲

那一刻,他动手扇了

自己耳光

2

黑夜总是揉着疼痛的乳房,牵着

还没有发育好的月亮,赶来

看他如何从河岸两边

抽出树的年轮

捆绑住河面上的阴影

再让风吹走所有多余的碎屑

复原出他曾经的前身

3

他弯腰,贴着河面

像滚子在粘取衣物上的毛发

他的浑身都粘满了,装在瓷器里

的脚步声和车马声

每当此时,他就涨红了脸

对着萤火虫傻笑

把它们当作最好的花火

直到阳光变成一把锋利的匕首

砍掉他所有的快乐

只留下残垣的自己

4

现在,他当着太阳的面

请求河水把自己撕碎

5

他曾亲眼目睹小水杉,颤抖着身子

在教堂一样的树林中

祈求妈妈早日回家

同他一样被制造又被废弃的造纸厂

连带那条荒芜的小路

也像离家出走的少年

渐渐淡出人们的视线

无人问津

只留下时间炙烤过的痕迹

6

老天饶得了谁!

他曾经无数次这样

绝望地安慰自己

7

如今，他老了
流水一样的心肠
月光一样的面容
从鱼到鸟一样的目光
再没有谁能把他收走

2017.12.15

河里站着废弃的桥墩(之二)

他常常望着被河水囚禁的自己
像一出悲剧又像一出喜剧

"我就是要站给他们看"
当他这样说的时候,淤泥又一次
深埋他的喉咙

他无数次请求月光给他剃度
月光指着他的影子说:向后看
他没有看到自己的影子
却看到了每一滴水、每一条鱼、每一棵莲
都在生长,消失
多年后,他依然站在那里
当别人说:水是从西往东流
他笑了

2017.12.18

钟　声

1

低音区挡住星空但

醒者可见

苍茫大地到处都隐蔽着百年孤独

哺育出的病理学

锈着时间：消逝之钟

声音绵延不绝

当他删除生活的盲点

消逝的事物，却再次涌现

2

有一种沸腾，你能触及

在倾斜的日子

如锦衣夜行者穿过腐蚀的城墙

虚拟的钟声修补

哽咽的水流

那通往另一片土地的必经之处

堆着瓷器和童谣

如果你全身滚烫起来

你就早于种子

梦中发芽

3

镜子能藏住万物,也会

藏住声音。

你看到的寂静并不是寂静

你嗅到的金属并不是

记忆的牢固部分。只有燃烧的灵性

在声音之下走着岔路

向你一再道别

2018.9.6

草　原

金钱豹长长的尾巴,从树杈下
垂下来
当它扭过头转向
草原迁徙中的一匹小斑马
它一眼就看出那马崽才不过
出生一两天
瞧它亦步亦趋地跟在母马身后

黄昏,这是一个多么绝妙的捕猎时机
血液中兴奋的因子
如树上的叶子在风里
一遍遍鼓掌欢呼
但是上次偷袭一匹瞪羚
眼看扒住了它的后腿
但被它努力一跃拐弯逃走了
草丛里一棵长相奇特的尖刺

不偏不倚地扎在它的前掌

现在,它伸出长长的舌头
舔着那只受伤的前掌
看着茫茫草原上为着水源和食物
成群迁徙的动物们
那只小斑马正抬起头
也看到了正卧在树上的那只金钱豹
和正在落下的太阳
想象着下一顿将要饱餐的地方
不由得叫出了声

2017.8.22

倒　影

1

昨夜的雷雨,撬开了
一层层的树皮
翻出了,藏在里面的
羊皮书卷

人间走失的一切生灵
在里面复活了

2

生活不止一次地教你
唯诺
在你端起酒杯
行将欢饮之时

它不动声色的

将你拉到暗处

甩你一记耳光

从此你颤颤巍巍

小心地挪走

阳光

3

夜里的脚步

是一声声木鱼

敲在夜行人的心口

4

陶鼎被黑暗收藏

鼎腿中的小鬼怕也撑不住这

汹涌的夜

敲响陶鼎

等待蝙蝠飞出……

2017.11.6改于2018.6.25

拐　角

好美婢
好娈童
……
张岱在自己的书房
平静地写道

他为自己写墓志铭的时候
没用羊毫、檀皮宣纸
只把生命消退时的
悲凉描绘了一番

他明白
像他这样怀揣着镜子
走路的人不多
他也怕，挨挨挤挤的人
撞碎了他那面镜子

他干脆避道而行

拐了一个弯

多年后，一丛竹子从他的坟头

破土而出

2018.3.22

吟　唱

整个三月,玉兰和樱花依次败落
风带来蚁群的灰暗定律

我晃动着一根根光线,守在银杏树旁
像一位白发苍苍的阿婆
守在摇篮旁,为它轻轻哼唱——
那些遣散在芬芳里的孤独与高傲
那些被人遗忘的单调一致

悠长的曲调反复吟唱
像一根越搓越细的麻绳
穿过黄昏,晾晒着
平庸时代的信条

2018.3.26

等待起飞

12个
小时
的雨水
像密集的剑
斫在候机大厅的窗外

谁坐在空荡荡的椅子里
低头看鞋上伏着的两只斑马
它们正在扮演王尔德的话剧
《不可儿戏》

从片段到片段
从出发到等待
12个
小时
的可疑

日色殆尽之时请抓住夜的衣袂

致那些曾经流亡西伯利亚的诗人

有一年,滇池上空
飞来了成群的红嘴海鸥
它们越过贝加尔湖
携带着西伯利亚的口音
停落在人们目光忽视的枝丫上

风劈开一条光线的时候
它们的心脏迅速从四分音符
收缩成八分音符
盘旋在湖面上空

仰头望去那不停张合的翅膀
是动词对名词的一次次纵容
嗒嗒……的声音如头发落在地上
轻得像西伯利亚的雪落在
那些倔强的头发上

一年又一年,越来越多的海鸥
磁铁般被自己的红嘴牵来这里
如同扫墓,啄回那些安静的记忆

只是人们未曾发现
它们有时也从巷道的垃圾里
吞咽腐烂的文字和脚注

2018.2.1

悬　浮

A

每一片树叶都是走钢丝的人

那些坠落的失语者
在平衡每个王朝阴影下的
边界约束

那么,别弃之不管
收集起来
和谷子一起,为人们
酿酒吧!

B

或者说:每一个走钢丝的人都是

一片树叶

它失落的语言曾经
高于鸟类,高于山脉
它曾经存在过

人们在水之上收集过
这样的语言:人们因此
在酒的国度
轻松飞翔

C

那些走钢丝的人,那些失语者
那些
树叶

如果坠落下来,如果
坠落在王朝阴影下的
边界——

只有谷子能够约束他们的记忆
只有酿酒的人们能够
徒劳地在劳作的间隙
想象着葬礼

D

在坠落时老去
在饮酒时复活

日色殆尽之时请抓住夜的衣袂
河流会穿胸而来
人们带着种子走回房屋
除了我正在收集树叶

谷子困倦在我的诗里
唯有酒
能请回假寐的太阳

梧　桐

1

这个季节的梧桐树在剥落着自己

像校园里的毕业季

无数次的更替

传来青鸟的阵阵鸣叫

2

梧桐,被风摘掉

许多毛茸茸的虚词

好让喜鹊安心在上面筑窝

3

树下走来一位

穿湖蓝长衫的女子

她正勾着头

诧异,树上的啄木鸟

和隆起的肚子

同时向着对方

点头

4

校园里,英国梧桐剥落的树皮

挂在山茶树上。

如同蛇在石缝里蜕皮

它们留下的都是生命的偈语

5

风翻身过来

撩开树叶的背面

再仔细检查秋的痕迹

6

用自己的耐心
梳理风的脾气

不是树叶选择离开树
而是树选择让树叶离开

7

树是连通天与地的经络
每一个树上的鸟巢
都是经络上的一个穴位

2018.4.20

乌冬面之夜

什么话语会被灯火染红,
白昼的一切被改编成歌谣;
把风和水都能放进夜的贝壳的
是我的女儿——
且慢舞动尖尖的筷子,
任意的盘子会爬上桌面,像传说,
每一根乌冬面都是一个句子,
攀附上嘴唇变成声音;
如果她们有耐心,
四周都会沉静下来,如围拥船舱里
听不见湍急的水流推着夜色
和空气里浓重的尘灰。只有我们在恬静里
证明简单明了的一天
引出在心里发酵的事物,
涌动的形状。

2018.10.22

咖啡馆

马路对面的咖啡馆,像一尾
热带孔雀鱼,它从不拒绝靠近我
当我驻足凝视它的时候

多数时候我想象自己
是一个八分音符,停顿的那一下
就像在沙漠中无法忍受
骄阳炙烤的游蛇
还有太多事情没去做
我低头啄着自己衣襟的纽扣往前走

那就想象一下,咖啡馆里
柜台后面正在拉花的手
浸泡着柠檬柑橘的爵士乐
光线切割的阴影里,正和你擦肩而过
嘴里含着一枚英文的女孩

哦，

咖啡馆里所发生的一切

多像山坡上，享受午后阳光的

猴群们

三三两两聚在一起

彼此翻动对方的皮毛……

2017.12.16

涂　抹

生活还在炊烟熏黑的墙壁上
继续

小说里的情节漫过了那条无始无终的黑河
漫过了清明时节的拜扫、焚香和号泣
漫过了树梢上黄胸鹀鲜丽的羽毛

谁家的石磨上还凿着云纹
栲树下的碌碡碾过
打谷场上走动的影子

风翻动塬上蠕动着的绿
土狗厮跟着孩子在逛山

只是那些刚刚出土的秦腔
还来不及修复，就被喝惯包谷酒的

喉咙——

掩埋

川道人家

车过川道,所有的树

都张狂起来

抽出夹在石缝、庭院

柴堆上的身影

以人们惯用的虚词为自己热身

在午后抖动着叶片上的阳光

安静的村子用残垣断壁

装饰着呆头呆脑的鹅

和看家护院的狗

只有七层六棱的古塔

站在路边是日圭是定海神针

后面的碑文记载:古塔

毁于十年动乱

二〇〇九年村民集资重修

人们只希望世风和煦

世代承平

狗还在叫
声音被噎在风里

上　坟

一条笔直的高速公路

横穿了整个村子与祖坟

清明或是下葬时节

那些披麻戴孝,浩浩荡荡的队伍

被一辆又一辆

呼啸而过的汽车冲断

号啕的哭声

也被汽车拽走

像一盘刚被夹起的拔丝山药

人们继续举着这些发硬变脆的哀号

横穿马路

把它各自栽种在先人的坟前

2017.10.30

冬　日

我的双腿，从冬日里伸出
像是彼此游说
尝试一次探险——
此处是这个季节通往南方的
咽喉要道

所有的神话、传奇和寓言
源源不绝。大自然是盲人讲述者

不妨再做一次堂吉诃德
开辟一条容纳历史和神话的河道
向所有的诡秘、命运突转
开放疆界

夜　晚

路灯下蹲着一只猫,在翻阅
自己的影子

我走过去
冲它"喵"地叫了一声
把自己的影子也摆成身后的尾巴

它认真地看着我
像是在辨认猫粮上的字母
是从 C 读到 T,还是从 T 读到 C

我蹲下来,冲着它又叫了一声
它疑惑地回头看了看
不确定我在和它撒娇

犹如某年夏天小说中的少年

在放学的田垄里和红衣少女
擦肩而过,她冲他一笑的模样

它忽然一跃,跳进了草地
远远地打量着我
恍惚宛在水中央的月亮

2018.4.1

三日谈

第一日

"人过的日子,
必是一日遇佛,
一日遇魔"*

第二日

按着紫青宝剑,
对着同一个至尊宝
说话的,
却是如来佛祖前,
扭在一起的灯芯**

....

* 此句引自贾平凹《老生》后记。
** 电影《大话西游》的情节。

第三日

父外出未归，
儿子担水遇佛，
砍柴遇魔，
他不知
水是那魔，
柴是那佛，
他照样烧火做饭，
刷锅洗碗，
推门，去寻父。

2017.12.30

杂　记

1

每个生命
都在为冬
收集梦境的色彩

2

草原上的一块石头,卧在路边
像数万年前的猛犸象
守护着岁月。是等我经过吗?
要告诉我在冰河时代,它们
怎样在人类的洞穴中,成为
壁画里的主角?

3

一厢情愿地以为

在第一排

放上若干巧克力

就一定会有学生笑眯眯坐在那里

像狡猾的猎人

在伪装自己的捕鼠器

2017.11.7

敬　酒

大家起身端起酒杯

为他庆贺

有人提议，让他先敬自己一杯

这位叫罗宾的英国人

停顿了一下，朝着客厅盥洗室走去

他打开里面的灯

对着镜子

把杯中的红酒一饮而尽

那神情仿佛是打虎归来的武松

趁兴喝下乡亲们敬他的一坛酒

我们的掌声，沿着亮晶晶的高脚杯

正此起彼伏地在红酒中引颈高歌

他转身关灯，望向镜中最后的眼神

像一位年长的父亲正心疼地盯着自己的儿子

恬静之处会出现生动远景

听一首歌

——why we try

开场,略带沙哑的男低音
像黑陶里翻滚的茶
苦涩中有回甘

女生的出场,是拿铁上的奶泡
细腻而不甜腻
是呼应,更是题款下的山水画
他们的对唱,是暖流下的珊瑚岛
三月里的玉兰花开
黄昏里斜靠在墙壁上的树影

2018.3.9

静　日

那蘸满水珠的绿色叶片就能够
让你与上午的阳光合唱
那啪嗒啪嗒的脚步音脱离行走的人群
翘立在九月,你伸手可触

一切坚实的存在都在时光里明朗
孩子们在头上缠绕荆冠
目光起伏,水流冲出乐谱
总有不为人知的欣喜探望你的脉动

这是另一个校园,另一个秋天
你告诉那些草木你的名字
让它们凝神于你的欲言又止
在雨后,强光拽出它们幽闭的孤立

而恬静之处会出现生动的远景

喧哗原来可以一瞬抹去

仿佛某种念想重新发出嫩芽

朝向天空。仿佛开启铁笼，放走鸟

2018.9.28

下　午

4点零5分
水吸干了叶面上的水
大地在赞美天空

巴尔蒂斯对着《猫照镜》中
那三只猫说:"走,我们
出去走走"

2017.12.1

寒　冷

天黑以后,对面的山坡啄来珊瑚的
鱼群,有灯光在闪烁

啃了一半的苹果倒在浴缸旁
等待杂志上金融海啸的宣判

有些寒冷是不请自来的,比如
早晨出门前为她写的那张留言
白色的便签纸被她反过来
写下两个字:再见

金刚鹦鹉正翻起翎羽冲着窗外
埋住了头
尾羽辉煌

2018.10.2

手　术

一只眼睛看秋色,一只眼睛
分享伤痛——看见音符在病院走廊滚动
看见暗蝶在冰凉的门上停留

我把琴挂在墙上
那光亮的地方有悦耳的声音游动
一定有醒着的鲜花,为森林的孩子
留下深呼吸

手术刀飞过的地方,也有风筝
蓝色加重了,钟盘上的指针并不会逆行

现在,我在一本书中拦下
一片乌云。那未被唱出的歌词大意
正亲吻我洁净的双手

2018.10.10

等　待

霜降已降。落在白色的墙壁
白色的床单上

灯光和我一起在寂静中踏出脚印

病房里有冬眠的孩子
正在从寒冷中渐渐苏醒

我坐在她的对面，练习微笑
希望我的孩子手术过后睁开眼
就能在妈妈眼里找到童话
找到森林里松鼠喝水的溪流
公主手臂的丝带和老奶奶神奇的拐杖

我拉黑所有的白昼
让壁炉在墙壁上印出红红的火光

床头有独角兽和波利兔带来的礼物
她喜欢的长发小魔女拖着长长的纱裙
和枣栗色的长发,轻轻吻着她

我的孩子,我们大家还有那位拿汤勺的老爷爷
都在等着,等你好起来
欢快地揭开被子,跳下床
踩着水晶鞋坐上南瓜马车
向午夜的钟声奔去

而我,划着小船在城市的上空
不起一点涟漪

2018.10.14

2月11日的校园

下午,梧桐树的影子

斜靠在教学楼上

整面墙,像满不在乎的

历史笔记

芭蕉叶弹奏着风

踏着每一个来往的鞋底声

大地在吸收着阳光

踩碎一片枯叶的声音

像清脆的薯片被咀嚼

高高的树梢

啄木鸟打开黑白的教义

震坏了即将到来的

三月的耳膜

2018.2.11

踢球少年

转眼之间,天空中光滑的云
已像醉下去的船

夕阳对着月亮,也对着我
眼睛扶起的方向

平地起风。操场上的少年
在奔跑中驱赶着光线

他们踢球,也把黄昏踢得咚咚响
他们进入我暗想中的波浪

"阿姨,请把球踢过来"
我略为迟疑。想起他们的体内
或许还存留着半支假疫苗

双腿就发软了

那些少年里藏着我的孩子

2018.7.27

雨　巷

我知道

裹着一条围巾

也不能把巷子里的雨挡住

它还是从房檐上墙缝里

往我身体里滴淌

那些腌渍过的水

浇冷了我新熬的一锅汤

2017.9.27

夜

总有些黑色的箭

扎着往日的信笺

落在城市的某些角落

大多时候

人们视而不见

或是以为那就是黑夜的一部分

2017.9.29

黄昏校园见闻

黄昏,校园散步
走过身旁一对父子

父亲说:咱们学校最早的
建筑专业叫土木。
什么是土木呢
土指亭台楼阁
木指花草树木

现代的建筑叫什么
儿子歪着头问

我也放慢了脚步
望一眼不远处的报话大楼
它正中规中矩地从东南西北
表情一致地,同时

指向7点零三分

"就是等待拆的一堆钢筋水泥。"
儿子忽然冒出一句

一群麻雀
快速飞过了这对父子
从我的角度望去
他们,刚刚好
是一只茶壶和一只茶杯的高度

2018.7.19

街　头

半明半暗的烟头
烫焯在路面

核桃里的脑仁
被椒盐猛烈地翻炒着

我游荡在街上
用可乐瓶接满了快要溢出来的霓虹汁
泼洒在一只蜷瑟的猫上

2017.3.16

符　咒

烟头烫焦的分针

是一株黑色鸢尾花

被打湿在谷雨的夜晚

注定无法献给白昼

几个苍白失语的女人

围坐在一起等待着

等待剥落在杯中夜的符咒

然后张皇地一口吞下

起身,寻找露珠

2017.4.15

光

2017年5月22日

雨把清晨下成了黄昏

天一下子就老了

2017.5.22

起 舞

对着影子认真起舞的女孩
是我认识的一个藏族姑娘
她有好听的名字:雍措

那天,她没有穿蓝色的藏袍
只是在阳光下,散开了自己的长发
她是一百面不停转动的镜子,搅动
日月天地的清辉
照出人间烟火的
模样

风从高广的苍穹下刮来
马鬃直竖

上　香

为佛敬上一炷香后
坐在桌前,我也给自己点了一支烟
眼看着两股烟在房间里慢慢融合
整个上午
像一只空蝉
趴在树上

2017.10.11

第三辑

椰子里的内陆湖

A

时间兀自摆脱事件的日常秩序

再遇荐福寺

八月槐路起红尘*
义净法师安坐在荐福寺的晚霞里

白衣阁的券洞
把清风分成了左右护法

勾头滴水**在每一个雷雨的夜晚
都忍不住扭头转向侧柏籽

告诉它所不知的,关于小雁塔
三离三合的
前世今生

....

* 南朝梁元帝:《长安道》
** 勾头:是古代中国建筑中覆盖建筑檐头筒瓦前端的遮挡。滴水:是
   指覆盖建筑檐头板瓦前端的遮挡,呈下垂状。

161

每当此时,迦陵频伽*从塔身

回转鸣叫

托住雨滴里每一尊下凡的菩萨

2018.7.29

....

鼓山涌泉寺外听雨

雨顺着往日的残余
从身体的洞穴倾泻而出

打湿了山墙和绿荫下的甘甜
时间兀自摆脱事件的日常秩序
如一名逃亡者,隐匿山涧

荒芜而孤寂的雨,一旦落入寺门外
神色漠然
它没法让自己清新得如一株绿萝

有人把这样的时刻比作闲章,或是
偷偷挤入小说的未删节版

而这些想象的雨,终将在人们手指
翻动处越来越暗淡

如鼓山上的雾,飘浮在虚假的

第十三月之上。

2019.1.2

大姆山的风

12月的大姆山，闭门谢客
它在调教风的呼吸，拿来
贝多芬的《命运交响曲》

山脊抬着三头尾巴斜在一边
吃草的牛，上下颠簸
抹去了太阳一丁点的寒暄

我闯入了它们的排练中
惊慌失措
这首曲子我不太熟悉，脱帽致敬
所有的目光齐刷刷射来
腹语写在天空
必须蹲下来，抱住头
它们开始盲人摸象

我开始喜欢大姆山的选址
佩服它引来了既可以放生云朵
又可以饲养鲸鱼的大海
给它们懒惰、自由和任性

好几次,风撩开我的白色外套
向里张望,还有什么禁止携带
哦,是的。
随着体温一起卸走的,是一丝
恶毒的快意
顺着发梢、指尖

我闭着眼往山下跑,像月光下
墙头绊住自己的影子
脚下的草在窃窃私语,它放过
我的脚印

停车场,那个把皮夹克的褶皱
穿在脸上的人,拦下我们的车子
要收取两次轮胎碾过的痕迹
大姆山扭头望了望我们

那人立刻打了一个响亮的喷嚏

太阳就掉下了山

一切寂静

2019.1.11

在郑和公园想起
1405年的夏天

1405年夏天,骚动的码头与喧哗的人群
一个船队即将远行
那些勾兑黑暗和火的上升的东西
烘烤害怕着大明王朝的光荣与梦想

仿佛我,就置身于彼时
那众多的脸谱中荡漾着我的一个笑脸
那时,阳光普照
我刚刚学会善待一切
我将启用我的二十六年光阴
去照料海浪和远方。

是谁,让迷人的泪水悄悄流下,
为那消失的反影
和冥想里永久的倾覆

我曾经在海洋的背面细数这些古国——
占城,爪哇,三佛齐国,暹罗,南天竺,
以及锡兰山国,木骨都束,忽鲁谟斯,苏门答腊,
以及满刺加,柯枝,古里,阿丹,甚至还有美洲新大陆
我的每一眼都含着
数百年前远征的欢欣与忧虑
但都肯定着史诗的厚度。我原有的虚空
已装不下目光所及。会有哪些剩余的想象
去重新构造出那个被湮没的夏天?
历史暗淡下去了,数百年来,
我在风中镌刻的世界
依然停留在风中。

此时人来人往,此时草叶相随,
此时驰过一季或一世。
此时汽水音渐近渐强,滑过
我画在空中的弧线,
此时,"一个人去相遇,
那沉睡在黑暗中的灯塔……"

浏河古镇

娄东派的杰作与古镇的欢娱重合。
明镜里有古风细吹，亦有桑、槐、乌桕、银杏
挂住下弦月，挂住《明史》中遗落的
铿锵之词。

我有忽略细节的习惯。当记忆反噬真实，
当浏河公社的人群献出他们的夕阳，
我已在天妃宫为一个感叹词
寻找最终的宿主。

那填满"六国码头"的溪流
绘着鲜为人知的旧时光。

2018.4.24

贾湖骨笛

在灰河和泥河之间
有一片蓝色的湖泊*

那里常常飞来仙鹤
那个时候我还不知道
它后来也叫
丹顶鹤

一些年长的人总是随身佩戴着
龟甲甲板,默不作声地注视着
旷野和更远的地方,或是
眯着眼睛
企图把太阳的图案画在

....

* 　八千年前,新石器时代贾湖文化出土了仙鹤尺骨做的笛子,是人类
从蒙昧跨入文明的一大步。

171

盛水的陶罐上

在电闪雷鸣的夜里，我常常把耳朵
贴在地面上
能听到和母亲纺轮里一样的
窃窃私语声，它们像种子破土发芽
钻进我的心脏

我会像鹿一样跳起，在灶台旁
用树枝画一个圈，堵住
黑暗里的眼睛
那些长着獠牙和犄角的野兽
经常前腿屈膝，肚子贴着地面
如地里冒出的影子跟在种稻米的身后

被埋葬的人们和我的牙齿一样
排列整齐

我曾经偷偷地在婶婶左腿旁
放了一枚她最喜欢的骨针
那一定能帮她

织一个很大的席，像活着的时候
围着我们跳舞

我忽然很想做一只鹤或是
一只鹰
永远落不在悲哀之上

我开始站在石头上往下飞
嗓子里发出咕咕的鸣叫声
但依然落在绝望之中

旷野里，风翻动所有动物的皮毛
包括那截狍子的腿骨
呜呜……呜呜……
像整个上午
阿婆采来后山上的山楂和蜂蜜
用稻米给我们酿酒时
脚下的节拍和桑树上布谷鸟的叫声

我捡起它，翻来覆去地吹
像河里的鱼噘着嘴一呼一吸

等稻米酿得又酸又甜的时候
我已经用仙鹤的尺骨做出了
可以吹响的管子

我甚至听从了眉骨上长痣
那个叫秋的女孩的建议——
用食指和中指的距离在管子上凿孔
开始是三孔,吹起来像蝉趴在树上
抖动翅膀
五孔,像麋在雾霭中低头饮水
七孔的声音是老鹰在天空盘旋
百灵在树间雀跃以及狩猎时人们的呐喊声

那些在星空下
我分不清自己是谁的时刻
惧怕洪水淹没稻田的时刻
阿妈阿婆永远闭上眼睛的时刻
渴望变成水牛和老鹰的时刻
喝上一杯甜酒的时刻
我忽然就随着这些声音滑入

没有倒影的湖底

八千年后,从我的左腿骨外侧
人们小心翼翼地挪走一长一短
两根相似的骨笛,据测音研究
它们是一雌一雄

2018.8.14

观天斧沙宫

天斧沙宫是有表情的
我们走进它的时候，一场大雪
已经下了三天三夜
地上，硬邦邦的水洼
在红色的沙砾间自说自话

邀请风、邀请落日、邀请飞鸟
它把自己变成风、落日、飞鸟
再把自己变成蒿草、脚印，回望大地

别去拍它的容颜
一转身，它就是你的来世
别去记住它的颜色
生命本来就没有颜色

站在你我的时间之外

它用隐退的方式,向你致意

2018.11.19

在兰州

1

我发现的龙凤峡,不是那
两千五百万年风化水蚀出的红色沙岩
我靠近的是自然的狂喜与忧虑
那摇曳的原始风暴。
仿佛是虚无的喉结动了一下
抽象之火凝固在寒冷中
我累积的呼吸
不够它隐藏疲惫。

2

安宁的事物
都能听见雪中水的声音
正如我经过时间

被一支清澈的音乐

推向遥远。

2018.11.18

登兰州国学馆观雪

从崇圣祠里飞出的雪
是落往人间的一次讣告,它压在
圣贤们的雕塑上
压在五脊六兽上,松枝和人们的头顶上
一切都变成了硅化木
等待时间的玉化

天空此刻没有白头翁
只有三足金乌守候在殿堂的神像旁
振翅欲飞

2018.11.16

在九州台

冷空气里定有金属的形骸

煽动登顶的雪

我信赖大禹遗失的呼吸

如果有一面镜子就照出人群里的洪荒

如果有振翅欲飞的欲望就与它垂直

我爬上来,细拂偷来的风

允许太阳和月亮飞过

留下胸前的星辰

哪一句语言端出蓝色

寻找大地之鞭。会有哪些远景

与远古相似,谁在重复:"你注视着深渊,

深渊也在注视着你"

2018.11.20

在九州台想到远古传说

黄土峁阶地可有迷失的咒语
那平坦如砥的峰顶，寂静穿行不息

远眺黄河九曲、都市灯火
不如怀古，不如想象导河积山的
大禹：他黝黑的头颅可有草叶的荆冠
他坚忍的脸庞可有迷人的汗水
他手上的九州怎样变幻着
水的声音……

这巍峨峻秀的九州台
而今林木葱翠，抱拥古城，仍有着
远古的气息。而我能否在雾霭里
倾听到洪荒岁月的水流？

2018.11.20

B

白
昼
起
身

桃花潭的雾

你打算走近,它就化成了晨露
你打算说些什么
它就垂老成了一片白茫茫

它应该是尺八里流出的一股气
或是潭水中捞出的一只埙

别去猜想桃花潭的涡流在哪里
它不会轻易收走任何的雨滴和眼泪

就像汪伦和李白
我和你

2018.6.11

太平湖

垂序商陆,一簇簇触碰太平湖
它有粉色的颈,张开无数粉色花朵
每朵花里,都结着一个
与叶子一样绿的果实

如此呼应的颜色,映入酉时黄昏里
我怦怦的心跳。
远处的云,抚摸着山峦
湖水亦平静如斯

站在甲板上倾听。风
把我的气息吹向湖面
和两岸的竹林

我们以彼此的形状擦肩而过

2018.6.12

仲夏之夜

以为要迷路
青弋江畔的星星已经不怕人了

萤火虫变成天蝎座的活化石
摇落树冠的睡意

比芒种更有仪式感的
是荷塘边的蛙鸣，黑暗中有
无数支桨在划动龙舟

2018.6.9

在万村（之一）

光，住在万村的屋檐
白昼起身粉刷巷道里的脚印

蝙蝠一样的影子
悬挂在斑驳的墙壁上

房屋像老绣片上的针脚
在断裂、稀疏

空无一人的老街常常用蓍草
占卜自己的命运，打发时间

而云有时也化作雨
嘲弄它的游戏

巷子里，西面墙壁的影子和

东面墙壁的影子,依然此消彼长

像一声长长的哈欠

2018.6.9

在万村 (之二)

是水墨画的题款,你和我

落入了万村

落入了生命完全陌生的村落

落入了无限敞开和遮蔽的可能

如同黑纸上的白字

踩在浮满鹿角似的寂静上

我们从哪里携手

将要去何方

都被古道上踏访汪伦的脚步所掩埋

只留下

一袭红纱

印章一样

盖在了故事的结尾处

2018.6.15

那年,那月,那书

连翘花开过的春天
我背着双肩包在城里晃悠
那个时候头发齐肩
并且刚刚吃完
一顿西葫芦馅的饺子

西安的寺庙很多,卧龙禅寺的
午后虚空着
大悲殿前的台阶上
光芒乍长乍短
我躲在屋檐下
翻看包里随身携带着的一本书

那是一本我最初无法打开的书
从第一个字,第一句话,第一页
往日的生活就和书中的故事

纠缠在了一起

我是一个多么特殊的读者啊
像是绛珠仙草只能用眼泪来报答
现实与小说中的裂缝
在我脚下越变越大
大到了我还来不及仓皇而逃
就滚落在无底深渊

那些灰色的记忆依托这本小说
在我体内重新复活
蒲公英脱去茸毛的时候
我的四肢依然冰冷
画符烧水对我是管用的
城里的每一座寺庙我都去拜过
和佛说过我眼泪的颜色

"不要对佛说你的风暴有多大
而要对风暴说你的佛有多大"

也许,揭去五行山上法帖的

还是当初那只猴子

正字是要一笔一笔地写
再去卧龙禅寺的时候
我已经能做到在台阶上
安心打开书来读

恰巧这时,一个蓝眼睛的老外
背着和我一样的双肩包
他停顿了一下,和我并肩而坐

云朵忽聚忽散
和穿过寺院的脚步一样

他忽然清清嗓子对我说
嗨,我叫迈克,是来西安的留学生
你看的什么书

《废都》。我答道,并且努力把窝着的书角展了展

废都? 那是什么意思呢

那个老外耸耸肩

就是要拆的一座城

他点点头,然后我们一同
起身走出了禅寺
时间停留在2008年

2018.7.19

是无等等
——登麦积山石窟有感

比这四个字更早出现的
是对面的山和山上的云

比王了望更早出世的
是麦积山石窟的工匠们

就等等吧
一切目光的投射
都在一呼一吸中被注解

2017.9.19

佛与节气

没有松鼠和燕子打扰的佛与菩萨
那些不同年代的佛与菩萨
正在各自的石窟里
有条不紊地等待

今年的二十四节气
总有耐不住寂寞的菩萨和弟子
在一旁悄悄地咬着耳朵

站在菩萨身旁的两位童子
也在练习微笑和沉默

在人们还没来得及跪拜之前
有些佛就抽身而去
似乎对某个节气特别忌讳

2017.9.19

191 石窟

发软的腿

在悬空的台阶上,相互搀扶

191石窟率领所有感官

将我打捞

碾去时间的外衣

置身于它虚设的殿堂

和当年凿窟者一起

动手,拆掉所有窠臼的窗棂

让光的瀑布

倾泻在想象的平原

开出一朵朵奇异之花

2017.9.19

树　洞

有些树没有秘密

只是在长，这棵桂树

它有树洞

像瘪嘴的老妪

张嘴就能看见流年

它不是《花样年华》*里的那棵树

你探头过去把秘密讲给它听

从此堵住这个洞，等待它下沉

埋进土里或是顺着枝干、叶脉

托在每一片树叶上

等待阳光　　曝晒消融

站在东面

....

*　王家卫2000年拍的一部电影。

能看到从西面爬来的蚂蚁

以及微弱的光

它的洞是双耳，打开的窍

那些被截获的秘密

借助了它的身体

回到风里

2018.4.9

五月的校园

谷雨过后
每天清晨,我去校园最高的那棵
梧桐树上,从它的窝里
认领两只喜鹊

一会工夫,我就会跟丢一只
另一只落在草地歪着脑袋
掀开一片又一片的树叶
忽然之间又飞上树梢
兴奋地大叫,我猜它一定认识了
棱形、椭圆形和锯齿形
当然,还有三角形

有一次,园子里下起了雾
一样的雨
我背后的喜鹊先是一只、两只

接着错落地在女贞树上鸣叫

有几只落在我面前的荷塘边

在叶片上啜饮

像台下观众忽然置身话剧舞台

它们旁若无人地独白、对唱

那声音也比以往的明丽要清润许多

雨打湿了我的睫毛

我和前面的柳树、竹丛都默不作声

毕竟不收门票的演出

不是天天都有

2018.4.29

树叶酣睡在风的摇篮

春天的芒草

那片芒草
疯狂地长,在山坳里
高出了黄狗的叫声
高出了阳面山坡,驼背老汉的
烟卷

它还在不断地长
直到我经过它的时候
风里到处是它舔过的痕迹

我停下脚步,注视着它
金黄色的马鬃在起伏飘荡
眨眼工夫,又变成月夜下的天鹅
在欣赏自己的倒影

我抿嘴一笑

剥去外衣,摘掉帽子
像跳进美丽的湖泊
纵身一跃

2018.3.22

夏　日

你如壁虎,一动不动
趴在夏日的缝隙里

等待捕食
等待危险
等待逃走时,留下
白手套一样的尾巴

2018.4.1

一件花衬衣

摘掉所有的花朵和果实
这件衬衣,安静得
只剩下天空,和天空后面藏着的
那张你没有笑容的脸

某年某月的某一天

像一匹黑色的马,从树荫里
牵了出来
额头被筛洒而下的阳光
打上印记

园子里阴影斑斓,全是
海桐和紫槐涂抹的气息

闭上眼,让那光斑
依然停留在额头

晃动所有溢出的安静
像柳絮轻飞,如莲喜悦

2018.4.2

雨中乡野

雨把世界分了行
白云母舔干了自己的眼泪

雌雉鸡的一根尾羽
落在了核桃树下,薄荷的气味
把左右门神往上托了又托

庭院中的鹅
正用一只红掌踩过
树叶下觅食的蚂蚁

2018.4.13

清　晨

原本,树叶酣睡在
风的摇篮里
却被孩子们惊奇的
目光抚摸醒

美人松公园

白云也呆呆地看了美人松一整天
看光影如何在她发红的腰肢上移动
看她在风里轻晃

树下的孩子踩着厚厚的松针
把自己变成小红帽

松塔和蘑菇在恋爱
伞形科的小窈衣一身素衣,等雨

她们不请自来在我的梦里
奔跑
衔来星星和闪电

2018.8.12

212

开　花

白天是白色的白
黑夜是黑色的黑
为了另一种颜色，我要
开成一朵花

田埂上有着牛群
沼泽里蚊声轰然如雷
我的身体就是我的天气
整个草原都听见了我绽开着的疼

风终于来了
我准备怀孕

2018.8.16

213

在松林里

孩子们踩在厚厚的松针上,用草帽
装着挑选过的松塔
她们轻手轻脚,弯腰
像桥孔让时间流过

风,吹动童话插图的
声音,又一次惊动了我童年里
鼹鼠的
歌声

2018.8.19

夜　宵

外婆,我再也不愿和爸爸妈妈

去吃夜宵了

朗朗噘着小嘴抱怨道

走了那么久的路

说好了带我吃烤肉和粉蒸肉的

结果他们说天热要吃大蒜杀菌

让我给自己剥蒜

等我好不容易剥好两瓣蒜

抬头一看,他们已经把好吃的都吃光了

我只好啃完捏在我手里的蒜

辣得一边数我鼻子上的汗珠

一边喝下一杯热茶

2017.7.21

饭桌上

饭桌上，外婆端来一盘土豆丝

晴晴先一筷子下去

大喊："外婆，我夹了一个'一'字"

朗朗见状"呼"地站起身来

夹了一个"川"字

正欲炫耀，一个胳膊肘

就将她面前的一碗稀饭

撞倒在桌子上

"外婆，碗底还有字

什么西什么"朗朗小声念道

外婆手里正卷着煎饼

拉下脸来"吃饭的规矩

说了这么多年，你们都当耳旁风了！

看看，我的嘴是不是都磨薄了"

说着�“起嘴来，让她们看

一秒钟后

晴朗同时认真地回答

"没有！外婆"

2017.7.26

石 榴

五月的石榴花
一开口,就是豪放派

九月的到来
每个石榴都是一个手电筒
里面藏满了无数颗红色的光线

2017.9.10

菊次郎的夏天

月光洒下的夜晚

一颗小小的露珠在叶片上奔跑

它俯下身成为一株月见草

在吮吸着月光下的影子

2018.8.13

蓝 鲸

蓝鲸将尾鳍

在海面上高高升起的时候

晴晴拽着衣角在背诵

家庭作业"一箭双雕"

"一箭双雕出自《北史·长孙晟传》

北周的皇帝为了安定

北方的少数民族……"

她已经是第五次

卡在突厥人这里

为什么北周的皇帝而不是国王

要把自己的女儿嫁给叫摄图的家伙

并且让长孙晟护送

什么叫"酒过三巡""百步外射铜钱"

摄图为何喜欢长孙晟

并且要让他住一年,还老是带他去打猎

她只想赶快记住这个成语

好晚饭后和妹妹去游泳
就像她在电视里看到的蓝鲸一样
舒服地泡在蓝色的泳池里
她听见蓝鲸在大海里唱歌
翻出白白的肚皮
在大海里舞蹈

她抿住嘴,怯怯地站在墙角
刚才妈妈的斥责声和落在
胳膊上的一拳头
惊退了她也要做一头蓝鲸的想法
"不流利地背出来
不许吃晚饭,更不许去游泳"
那头快乐的蓝鲸
变成了一滴眼泪
顺着晴晴的面颊,滚落在地上

2017.7.21

土豆、松鼠、私房茶

松鼠从洞里醒来
取下挂在枝头的月光
套在了毛茸茸的尾巴上

柔软的灯光落在了私房茶里
人们在哼唱：
黑水、蝙蝠、冬天的树梢
松饼、斑鸠、我心爱的姑娘

橱柜里的银器在闪闪发光
马厩里的铁掌在嘚嘚作响

歌声摇得房子像溢出酒杯的葡萄汁
泼洒在鼹鼠沉睡的大地

松鼠再次摇晃着扫落漫天星星的尾巴

对着月光舔一舔爪子
歌声里的人们全都一颗一颗
变成浑圆的土豆，在炉火上
滋滋作响

2017.11.18

搁 浅

埃及博物馆里

那些睁着眼睛,想要进天堂

获得重生的法老

被搁浅在,络绎不绝

陌生人的眼里

猎户座依然熠熠生辉地

在等待着它们的主人

2017.8.2

在马车上

今晚是上弦月
一颗最亮的星星落在了它的怀抱

从神庙归来
坐在马车上,眼看着
城市的灯光
一盏一盏地从背后
淹没了这对
在车流中逆流而上
以赶马车
为营生的
埃及父子

他们频频地回头
用略带恳求的目光
望着我的挎包

在我犹豫是否多加一些小费时
马车外的孩子站在涂鸦墙边
穿着我们上世纪的服装
跟着马车一边跑一边露出
洁白的牙齿,大声用中文说:你好!
如此不断,追着
一辆又一辆载满游客的马车

恰好此时
月亮隐在了云朵里

2017.8.1

海　岸

风在我左侧
吹走了，长长海岸线上
与我并肩的所有脚印
只留下满天的星空
交换彼此的影子

红　海

红海里

沉睡着一层一层

为你唱歌的珊瑚沙

以及壁虎尾巴里的夏天

你得小心地采摘海岸边

每一种诱人的声音和色彩

把它调成今日红海的表情

2017.7.30

红海的夜

昨晚到了红海
星星疏朗、明亮
是古希腊哲学家的眼
在看人间的繁星

也许,这一切
仅仅只是虚构出
彼此的栖身之地

2017.7.31

乌　云

此时,风赶着一群
从坦桑尼亚大草原出发
将要迁徙的动物
在天空狂奔
有时它们随着队伍觅食、嬉戏
更多的时候是被偷袭

2017.8.22

芭提雅 Spa 之后

在喝第二杯花果茶时
藤条做的沙发
似乎把我编织得更紧了

宽大的浴袍里
被风吹落的鸡蛋花
在顺水漂流

鸟鸣声和人们喧闹的表情
被搁浅在远处的遮阳伞上

我什么也不想
此刻,只想舔舔嘴唇
退回我的身体
成为一只水瓶

2018.2.14

海边泳池

海边泳池是大海挤出的
一滴乳汁,散发着热带水果的甜腻

更确切地说它是一个塑形大师
凡是跳下去的孩子大人
都被摘了泳镜和衣服
有的成为一只张着嘴的河马
呆呆地望着天空
孩子们则是树上的一群猕猴
或是绕着水球的果蝇
还有那些绣着圣母玛利亚
老虎和鹰的文身
也在水池中化作两条接吻鱼

这是夕阳和大海合谋的玩笑

人们又是多么心领神会
像纸牌里的黑桃皇后

2018.2.21

椰　子

有些海水被系在了椰子里
成为安静的内陆湖

它拒绝参与时光的扎染
像古文中的宾语前置

你只能垂手站立
仰望于它

2018.2.22

你所不知的关系

它是以树的姿态
站在两栋房子中间
像教练和他的两队橄榄球员合影

每天早上,鸽子从
这边房檐飞到那边屋檐
相爱的时候
树冠就借故为它们摸顶
白色花朵像丢弃的语言
纷纷落下

也许风,只有风
抽出树的年轮
缠在两栋房子的周围
像哈达又像墓志铭

2018.2.15

我的孩子

两个孩子像豆荚一样炸开

用笑声粘住彼此

再折一顶乌云做的帽子

追着要扣到对方头上

她们像野兔一样蹦跑

像袋鼠一样蹦跳

像灰熊一样打架

像泥鳅一样耍赖

然后像墨西哥卷一样

翻起黑夜四周的边

把自己裹进去

调好指南针的方向

枕着父母的手臂安然入睡

2018.2.23

看　海

孩子站在阳台的桌子上

望着海面上的太阳

要给爸爸写一封信

她3岁时,剪着齐齐的妹妹头

穿一件小花的绵绸裙

手里捏着的信纸

被铅笔戳得满是窟窿

在风中像一头海豚不断跃出海面

那是她第一次见到大海

裸露的肩膀和分叉的刘海

都沾满着渔民的神色

3年后她再次绕到

地球的另一面来看海

暮色下的大海

我看不清她的表情和眼神

那只紧抓我的小手微微有些出汗

她没有再说要给爸爸写信
却问了我一个奇怪的问题
"妈妈,爸爸会想我吗?"

2017.2.14

第四辑

夜幕在她手心里降临

A

Z
小
姐
的
世
界

雨　天

此刻Z小姐穿着桃红色的高跟鞋
站在屋檐下躲雨
雨和她一样,在天气中变化
她摸了摸包里的香烟
闻到了桂花

四处张望,只有站在她对面的栾树
落了满地金色的花,被雨水踩得
语焉不详

一支烟的工夫,她和这个世界都陷入沉默
幻想着这棵栾树
应该在童年的院子里生长
而她,应该出现在另外的空间
聚拢着四处飘散的
桂花的味道

至少现在应该有一个男人

掐掉她的烟

带她转身走进……

2018.9.26

《安娜·卡列尼娜》

Z小姐推开桌子,站在窗前
像是孤岛逃生的人
拼命划着一艘小船

她已经一连好几个星期
都闷闷不乐了
望着窗外那些看起来快乐
和悠闲的人们,叹了口气

有人看见过Z小姐穿着一条绿裙子
漫步在广场上
"花开了"园丁要是推开花园的门
也会这么说

那时她在讲授外国文学
她把《安娜·卡列尼娜》借给一个女生看

给她写短信
使她心中燃起一生只有一回的烈火
只是那火焰没有热量
只有金红色的火苗,摇曳在
Z小姐的四周

那个女生躺在Z小姐的怀里
有了玫瑰花瓣的颜色
那时的她不抽烟不喝酒
有天鹅般的长颈、总是涂鲜红的指甲

她们的快乐惊扰了蕨草
踩坏了天麻
人们把Z小姐当墙上的影子移来移去
就像她遮遮掩掩的心事

Z小姐终于老去,老在了转角的橱窗里
老在了熙熙攘攘的人群中
老在了锈迹斑斑的眼神里

2018.10.8

落日时分

Z小姐的手放在沙发靠背上
就好像她在游泳时看见自己的手
漂浮在海浪之上
遥远的云从麦浪色一点点变得青乌
并且用清凉的声音向她靠近：
"别再害怕"

她不怕。每时每刻,大自然都微笑着
给予暗示,如此时墙纸上的玫瑰
沐浴在一片如水的金光中——
那儿,那儿,那儿
她把指头蘸进那金色光点中
仿佛要燃指供佛

"有重要的事情将要发生"
她潦草地在字条上写道,落日将近

她依旧躺在客厅的沙发

赭红色的条纹像一块礁石,她裸露在
身体之外,海鸥在她头顶上嘶鸣
她会从沙发边上往底下看
一直看到大海,看到海底
"多美啊!"
泪水随即从她的脸颊上滑落

佛手瓜的香味越过台灯
将她的叹息缓缓托起

2018.11.29

漩　涡

Z小姐坐在那儿,姿势轻松自然
只要他开口说话
她都会立刻笑起来,像一只落在
枝头的鸟儿,爪子紧紧地攀住了枝条

坐在她的身旁,他想
就好像她身上的每一片花瓣都在绽放
它们不光朝着自己
也朝着光线射来的地方和墙壁上的影子

现在,她可以把脑子里一闪而过的
念头告诉他,那几乎就是初次相逢时
带给她的第一感觉
他走进来,相当害羞
看了看四周,把帽子挂起来,可帽子
又掉了下来

也许过往的一切都要消失，只留下心情
从他的眼神中她嗅到了那晚的痕迹

杯子的四壁如此光滑
像今晚他们制造出的语言，即便相互搀扶
也终究滑落杯底

那么她，会和他一起走吗
或是只留下影子和他一起走
他们彼此不确定

但他们愿意留下来，继续喝着杯中的酒
不为别的
没有漩涡，深不见底

2018.11.29

普罗旺斯

按照鲍太太的说法
Z小姐应该忘了他,那样也许会
更幸福些,或者只记住千禧年8月里的他
和那一株旺盛的藤蔓

那时的他像薄暮时分
站在十字路口的一个影子,当出租车
载着后排座里的她渐行渐远时
这个影子也越拖越长
我要抓住那个影子的味道,她转动食指上
的戒指暗想

多年后,当她端起喷壶
为飘窗上的风信子喷水时,阳光轻柔
水雾迷蒙成一片紫色,她停顿了一下
想起了一首他曾经给她唱过的歌

她去了普罗旺斯

不是去画画或是唱歌

而是成为了一个调香师

正如鲍太太所说,她忘了他

只是把他当作了一种气息和底色

安放在众多女性孤独的伤口上

2018.12.2

天堂鸟

"琳达!"听那声音
是Z小姐,原来是Z小姐。
经过了这么多年,Z小姐穿过一团迷雾来到她的面前
她不禁想起从前,那时自己怀里
还紧紧地抱着一只吉他,心里琢磨
她怎么会闯到自己家来

现在琳达可以从从容容地
把那只吉他放下了,因为Z小姐已经失去了当年的风采,
不再是洗澡时
忘了取海绵,光着身子从走廊跑过的姑娘
那时她们喜欢通宵聊天

Z小姐老了,细纹从爱笑的眼角和嘴角
划过,她们在客厅的门边拥抱
黄色窗帘及上面的每一只天堂鸟

都在温柔地舞动

像无数双翅膀飞进了房间

又立即飞了出去,最后又被

吸了回来,Z小姐轻轻闭上了眼睛

有人在笑,她转身,握着琳达的手

房间里灯火通明,全是一双双

有故事的眼睛,刹那间

Z小姐觉得自己在萎缩,骨节僵硬

乳房也瘪掉了,如一朵风信子

包裹在绿色的叶片中,只露出淡淡的花蕾

一朵照不到阳光的风信子

岁月会无中生有许多故事,也会侵轧

许多故事,比如此刻

Z小姐和这场聚会的其他人

仿佛来自秦汉

2018.12.8

屈　服

Z小姐十年前就已经屈服了
你根本找不出任何理由:没有吵闹
也没有呵斥,只有缓慢的下沉
沉入水中,直到她的意志转变为他的

很久以前,她曾倒两次车穿城而过
去音乐学院学习声乐,糖葫芦和烤红薯
都能让她吃出过年的味道
而现在,每天Z小姐都开着生日时
他送的那辆轿车,穿梭在学校、
超市、辅导班的来回路上

她的生活和脸上的表情如刻在
雕像底座上的铭文,歌颂着尽职
感恩和忠诚。只有Z小姐自己知道
床单越绷越紧,床越来越窄

七月、八月、九月……

每个月都几乎还保持着它的完整性

"她如一层薄雾,横亘在

对她最为了解的人们中"*

2018.12.8

·······················

* 伍尔夫:《达洛维夫人》。

召之即来的钉子

有些夜晚,真的像枚钉子

Z小姐裹紧被子想:它会不断扎进你的肉里

而你,甚至都不敢将它拔出

院子里那一蓬迎春花蔓还在野蛮地生长

月光下经常能听到野猫叫春

安眠药也不能拯救的夜晚

Z小姐只好披衣开始打坐

她攀住呼吸,努力从百会穴挣脱出去

望到了蒲团上的自己

望到了房子里的蒲团

望到了青光下的房子

连漫上来的雾都如此安静

只剩下空荡荡的地球

Z小姐就什么也不去想了
她在往外拔那些钉子,拔那些往日
召之即来的钉子
拔那些辗转反侧的夜晚

是的,猫还在叫春
那些躲在夜晚的伤疤在慢慢脱落
风吹来阵阵的清凉

Z小姐和Z先生

1

Z小姐套上了那枚
从前戴在别人手上,一周后
连同那张印有玄奘法师《东归译经》的
邮票,一同归还的婚戒

2

Z小姐听完这个故事,笑了笑
找了珠宝设计师用了12颗小钻重新镶嵌了
那颗一克拉的南非钻石

3

她开始收拾衣柜,Z先生的衣柜

那里住着整个热带雨林

有黑色的蝴蝶胸衣,闪着幽蓝与墨绿的光

小天使拿着酒杯煽动着的白色翅膀

丛林里若隐若现蜿蜒如蟒的丝袜

还有那些黄昏天空中飘浮着各种形状的睡衣

以及下雨之前闷热的空气中弥漫着不同植物对抗的气息

4

一个人在家的时候,她会登上阁楼

玻璃房的茶室,如果运气好可以远眺到

大雁塔,玄奘讲经的地方

她对讲经不感兴趣,她只想赶快结婚

身边有男人的手可以抓紧,不然站在楼顶

往下望,那么尖锐的空虚。她会眩晕

5

一切都明明白白,Z先生没有骗她

求婚的时候,她依然像一株

多汁植物。虽然她心里清楚

Z先生的多处房产和车子
都是分期付款。而从她嘴里所说的父母
在经营汽车修理厂,也像沙漠里写下的字
她想终有一天他会在她烧的苦瓜炒蛋中
尝出回甘的滋味

6

他们彼此利用黑暗侵轧白昼的光芒
Z先生病倒了,她抱着一岁多的孩子
望着病床上唇色乌青的那个称作丈夫的人
是的,他们已经很久没有做爱了
因为Z小姐曾经无意中提到几次
她的女伴都换了宝马车,说话的时候
她嘟起了嘴巴
通常Z先生都翻看报纸默不作声
报纸上的字,变成了成群的黑蚁
往他袖口里爬

7

Z先生终于不能像以前那样拼命挣钱了
就像一个人重返故乡的小村庄
沿路一件件脱掉自己的节日礼服
离家越近,越是变回衣衫褴褛的农夫
他们选择移民,去热带国家
Z小姐心里感慨,也许像我们这样的人
只配生活

8

Z先生坐在自己生活的边缘
每晚都会梦到从大雁塔顶飞来一只
雪鸮,像是已故的妈妈披着麻色的上衣
他背着Z小姐偷偷留下两份遗嘱
一份留给妹妹,替他照顾好父亲,两处房产归她
一份留给Z小姐,替他照顾好孩子,那栋复式公寓和宝马
　留给她
Z先生还和以前一样逗怀里的孩子

和Z小姐讨论哪道菜什么时候该放盐

还是该放糖

9

Z小姐每天傍晚按照医生的嘱咐

陪Z先生在海边散步,海风轻拂

望着那些花花绿绿的比基尼

心想:今晚我的护士装该到货了吧……

2019.1.5

B

去找一个叫姚莫的女孩

往生者

1

寒露,天上朱雀井宿移动
至大海之上
它是宇宙能量守恒定律的实践者
蛤蜊在大海里等待复制
等待俯瞰大地

2

沃伦·史密斯活了下来
活在记忆的腐殖土里,扶摇直上
雀入大海为蛤。*这句话
他肯定一辈子都没听说过

---

* 出自《国语》。

去年秋天他还和那位意大利姑娘一起
穿着同样的斗篷,站在堤岸上
"你真应该去看看米兰的花园"
那位姑娘站在修剪成迷宫似的公园深处
对着喷泉大声说
说给谁听呢,一个人也没有
夜幕在她手心里降临
身后独坐着她的丈夫

3

要改变世界,不可以因憎恨而相互杀戮。
沃伦·史密斯把这句连同他刚刚想到的:
"不可以砍伐树木。上帝是存在的。"
一起写在信纸卷入耳朵里
投递给他唯一参加过的
那次战争的邮筒

"你在说什么"他的妻子问道
又被打断! 她总是打断。
远离人群——他跳了起来,搬来

森林、步枪和炮弹

4

那里还有一只手,埃文斯在栅栏后面
他的战友像条被单似的躺着
永不磨损

"看呀"她恳求道
"看呀"她央求道
"看呀"她重复道

5

太阳还在向黄经195度移动
就连饮弹自尽的枪声也不能动摇
那实在太多了,枪声
和蛤蜊被撬开的声音一样多

只是沃伦·史密斯塞进耳朵的
那张信纸

269

在另一半球变成了

一字排开往南飞的鸿雁

2018.10.19

随物赋形

黑色河水抖落丝绸般的宁静
我狂奔。云蹭着河岸的树

流淌的汗珠向另一条河流汇聚
追赶与斥责声如恶犬紧随,我意识到
时间在拨快我的心跳——

那一年,我曾经找寻什么?
那一年,是什么改变着我内心的世界构图?

我和同学去了城市的四周,收集了
三十五件污水标本:注入色彩,压出奶糕形状
放在乳白色展板上。阳光下,那个薄荷绿奶糕
底下沉泥之上的叶片和昆虫
我猜是化石,也是咒语。而那个
我起名为"彩虹"的奶糕,有着某个雨天

我翻入沉沙池滑倒时擦伤的手臂上
混合着我惊恐的影子和刺鼻的气味

那些污水标本里潜藏着
我漫无边际的想象和所有来自生活的矛盾
我移走了它们的黑暗,却改变不了它的结构
它的深处,水记录着苦难的烟火
我加固了它埋葬的风景

当我不断往后退,注视着它们时
脑海中浮现父亲书柜中那件马家窑彩陶——
所有的线条都是回环和波浪,节奏与情绪
我想到,那里也有太阳和河流
以及拿画笔的人

2018.8.25

黄昏街头

街边的水洼里

一个男人的半只脚踏在上面

粘起的水面像缸里的水在晃动

一只卷起半条尾巴

满身秃斑的黑色母狗扭头跑过

扎辫子的小女孩

从奶奶怀里挣脱出来

叫嚷着要坐前面文具店门口的小飞机

环卫工人捏一把鼻涕

掏出电话背过身说：

东卫家今天过事，你记得行情

中国体育彩票的门口照样

拥挤着很多人，转角的公交车里

两个坐在最后一排

穿校服的学生正在试着接吻

牙医诊所里穿白大褂的正一手揣兜

一手推开门向前面烟酒店走去
隔壁玻璃窗里一个男孩低头
像看显微镜一样，做着眼部理疗仪
旁边靠在椅子上低头打盹的母亲
怀里的布包已泛出白色
一切都在黄昏
有你，有我，有他
被置换成小说

2017.10.11

去找一个叫姚莫的女孩

7月,自画像中梵高的胡子
开始脱落

金银花被风灌醉
由白变黄

我穿过校医院,去找一个叫
姚莫的女孩

她坐在制剂科,双拳紧握
仿佛钩弋夫人

身后的窗户像月光下,风吹过翠竹
斑驳的竹影摇曳在墙上

她微笑着说:放心吧,没什么,我问过主任了

我嘘了一口气,低头看见她
鲜红的脚指甲

梵高自画像里,绑带下面渗出的
也是这种颜色吧,我立刻打消这个念头

把一大袋花卷放在桌上
"这是我妈妈亲手蒸的,刚出锅,尝尝吧"
花椒叶的清香顿时盘旋在衬衣的纽扣上

2018.7.16

她

1

地铁里,五十元的皮革包
和她一起被压缩变皱

小时候她见过杀牛的场面
热乎乎血淋淋的内脏,掏出来的
时候还在微微跳动
像叼着乳头的猪仔,立刻
爬满了无数绿头苍蝇

从此,一着急
她的胃里就泛起酸水

2

当初算命先生

拿着她的生辰八字
看了又看,啧啧点头又淡淡一笑
说:这娃娃要是个男孩,可不得了
那可是当宰相的命!

为了这一句糊涂话
家里的兄弟只念到高职
却供她读到了大学

3

食堂打菜的时候,比她爱美的
女孩,暗自从嘴里克扣口粮
给自己买了美白霜和超短裙

和那些整天泡在图书馆
为了奖学金和考研的同学相比
她更愿意在没课的下午,赖在
被窝,边看言情小说边嗑瓜子

这期间家里偶尔会打来电话

无非是说:父母不容易,钱要
省着花。平时手脚勤快些打打工,
实在留不到城里,就回来找婆家吧。

每当这个时候,她一边咬着
指甲,一边望着屋檐上停落的
一两只鸽子,发呆

4

时间一晃就没了
只留下深不见底的洞
那也只好硬着头皮往前走

一遍遍地修改、增贴应聘资料
像慢慢加厚高耸的胸垫

一趟趟顺着报纸夹缝的广告
如攀岩般,找到看不清门牌号的
公司去面试

上铺女孩送给她用了一半的粉饼
也掩饰不了,她将被丢回乡下的恐惧

她的胃,也就是在地铁旁的
小面馆里,开始疼起来的

"我绝不回去!"那是噩梦的开始
她用同村女孩的遭遇吓唬自己

像太阳下的阴影,转念她又开始
抱怨这个城市,这里的人
和所有对她的不公

一想到这,她整个人就像
那碗面条,软了下去,碎成一截一截

5

就在她的心思像海葵一般
飘来荡去,浮浮沉沉的时候
前面两个女孩的对话

一下让她打了个激灵：整容！

那些电视上的明星不都是
越整越美，片酬越拿越高吗
班里每年都有一两个女孩，请假
说自己生病住院，等返校一看
眼睛变双了，鼻子变高了
追她的男生更殷勤了，甚至辅导员
也答应给她介绍工作

这充分证明整容改变命运
命运就掌握在自己手里

这么一想，她的心跳加快
面色绯红，振奋得像要打鸣的公鸡

6

她立刻起身，拔脚奔向地铁站
恨不能立刻就出现在，学校
附近的整容院

281

至于钱,听说很贵
那就先打听好价钱,给家里打电话
就说自己被车撞了,司机跑了
要寄钱住院治疗

如果不行,网上不是有
卖肾换手机的新闻吗
总是会有办法的

想到这,她干瘦的身体
抖动了一下,望着车窗外
一幅幅一闪而过的明星广告

她动人地笑了

2017.11.12

银　杏

校园里的咖啡厅

有一个好听的名字:银杏

是的,它建在银杏树上

那里的老板娘剪着齐刘海

穿背带裤

春天的银杏开出舌尖大小时

她带着员工

和上小学的女儿

在咖啡馆外的露台上种植金雀花

和太阳花,坐下来休息的空隙

她会眯着眼睛

抽一支细长的薄荷烟

对进出拍照的顾客说:瞧,

一丈开外的那是一株雌银杏

秋天会结果

说话的时候,那只白色的猫用尾巴
蹭着她脚踝处的刺青

有时候下午的校园安静得只剩下
满墙满地倒映的树影和花影
每当这个时候,我就去"银杏"
坐在那个拾级而上挑空的露台上
望着从露台中间一直长满天空的银杏
望着它鲸鱼似的尾巴
在大海中起伏

店里经常有讨论课题的师生
捧在他们手中的咖啡
上面都浮有银杏叶状的奶泡
那些慕名而来的情侣
利用一下午眼神的交汇,裁剪出
没有棱角没有锯齿的心情

一丈开外的那棵没有果实的银杏
到了秋天,简直就是别在
大地发髻里的一枚金簪

每一片开叉的叶子都像诗经

一个又一个的下午

被夹在了风中,轻轻吟唱

2018.3.27

3月10日的校园

下午,一点十五分的校园
像忍冬花开

整齐划一的槐树林里
88级建筑学院捐赠的
一匹青铜的奔马
在阳光里响着鼻息

那个穿着黑色布鞋的老头,起初
背对着我
站在一棵槐树下
像隔着桌子望着自己的老伴

树上灰头喜鹊的风头抢过了
马路上的噪音
小姑娘在树林被牵手的表情

像极了阳光勾住那匹飞马的模样

后来,穿布鞋的老头

站在了离我不远的前方

我看见他的嘴在动,像是祷告

我猜他可能每天都来

就像去教堂点一根蜡烛

更多时候

独自一人,把想法和心事

像谷子一样

喂食给愿意亲近他的蚂蚁、鸽子

和乌鸫

2018.3.10

C

水母进入泪眼

梦 境

午后,头发里夹杂着白日梦的碎片
我似醒非醒

卫生间潺潺的流水声,我断定
那是妈妈在洗着东西
她一生总是对着流水托付自己的心事
我努力倾听,只留下窗帘的呼吸
像薄雪之下的幼芽,我又被梦境覆盖

我再次听到,妈妈在叫着我的名字
地板光亮,我扎着小辫
像上帝在为万物命名时的表情
母狮嘴里轻轻叼着的幼崽
我甚至一瞬间看见另一个自己
爬了起来去呼应她,但最终又滑倒在梦里

眼角的泪游进了水母
我如此无望,仿佛已经丢失了我的母亲
仿佛再也找不到她

镇墓兽在夜晚,怕也会回头
望着自己的主人

去庙里拜佛的人,看见每日
诵经的和尚,像是在他身上推开一扇门

我的母亲就在隔壁的房间
此刻我不敢推门而入向她号啕

从现在起,我舌底压着一块造像石
对母亲说的每句话
都像恭恭敬敬一笔一画凿出的佛像

2018.9.3

292

致遥远的你

1

这里的黄蝉和朱樱花代替了北方
睡意正浓的蜡梅

芭蕉叶每晚都抱来星星
世界着手为他们设置陷阱

听说猫山王榴莲可以击退残留的睡意
灯光制造出一个虚假的白昼
楼下有人吹奏《月光下的凤尾竹》

2

一觉醒来,阳光染红了羊蹄甲树梢
透过纱帘的缝隙系在我的脚踝

是拂晓时的丹霞地貌

也如幽潭里落入一片树叶

那是你的呓语吗

3

抚仙湖上有海鸥，全是白色的信纸

风很大，吹得湖对面三层小旅馆的凉台上晾晒的白色床单

上下飞舞

整个白天人们不知所踪

橡子从橡树上一颗颗蹦落

我们努力登船，船还是和浪平行

随波逐流的危险就是会翻船

好处也许我们会沉入湖底神秘的古王国

一个浪打来，它试探我接受袭击的反应

我在想象湿漉漉的裤兜蹦跳出许多——

抗浪鱼，它们翻着眼珠

说出我底裤的颜色

4

彝族山寨里一位头戴花环的阿诗玛

紧挨着另一位阿诗玛而坐

是两条潺潺流动的溪水清澈见底

她们没有像二月的山茶花，如此热烈地

大笑或是交谈

只是安静地坐在粗布单子的条纹上

一个在翻看手机中的视频

一个在拿着小镜子描眉

两双如此专注的眼睛，多么像山谷里

跌跌撞撞的回音

她们需要感知世界的边缘如同正在遨游的两只海豚

雨　夜

那个周一的晚上，下着雨
他从遥控器里退出电视节目
房子里安静得只剩下微弱的灯光
我望着他的眼睛说
睡眠不好就一起打坐吧
他没有拒绝

我们并肩盘坐在地板上
他在我的左边
手机里轻柔的音乐
围绕着我们
我睁开眼，像是把他搁浅在
沙汀之上，望着他
他的睫毛和喉咙同时在微微抖动
扬起的脸，有一半藏在阴影里

这么多年,我都没有像此刻般

如此凝神静气地望着他

就像他的白发和细纹,是我用手中

头像朝上的硬币换来的一样

这一刻我们仿佛是刚刚合拢的两扇门

是两尊一前一后被凿成人形的佛像

是云里挤出的一大一小的两滴雨

也许,我们是从同一光源

射出的两条虚线

注定在彼此的世界里留下

一段接一段的空白

2017.12.4

297

小姐妹的讨论

晚饭后和孩子们在操场散步
说起关于在游泳池溺水后
该怎么办的话题
晴晴想了想第一个发言
她眨着眼睛说:我要先喝一大瓶
粉红色的汽水
当我游泳时候要是呛水了
就吐出一个一个的蘑菇气泡
把我驮出水面

朗朗接着说:
我要在游泳帽上装一个吸盘
当我泳镜进水什么也看不见时
我就按一下泳帽上的按钮
"嗖"的一声,就像这样
她按着自己的脑门说

那吸盘就快速地伸出去

吸在前面人的屁股上

这样,我就得救了

那万一前边的人放臭屁

不是又把你打跑了

小姐妹咯咯地对笑起来

用手捂着豁牙

我看还是给自己的屁股上

安一个螺旋桨,在脚抽筋的时候

它会推着自己第一个游到泳池边

并且要对周围游得慢的人

说:让一让,请让一让

我知道,还有更好的办法——

给自己的泳衣上装上降落伞

当自己喝了水,往下沉的时候

它会一边报警一边张开大伞

把你吊在半空中

然后呢?

另一个问，
然后，我悠闲地躺在半空中
对抬头望着我的人说
大家继续
我在等一个超级大的
美团外卖

2017.7.22

呼　应

天黑以后,他们一起看烟火。

朗朗光着脚趾,站进地板上那一小块
亮着光斑的地方,念道:
"巴比五岁生日那天,和他最好的朋友巴柏
一起吃了汉堡、冰激凌
坐了摩天轮,他们一起开心地回家"

厨房里的水龙头正缓缓地冲洗着豆芽
阳光也正好落在她眼前那件紫罗兰的衣服上
朗朗在努力思索那是几月盛开的花
"外婆:你听我说,放下手里的活嘛"
朗朗一把抱住了外婆的腰

"我希望我和姐姐永远都这么大
这样,你永远也不会再变老。我们

一家人永远在一起!"
朗朗把脸埋到那朵紫罗兰里说道

那本绘本的故事是令人难过的
因为在巴比生日不久,巴柏就生病住院了
一连好几个月,巴比再也没有见过巴柏
爸爸说巴柏得了"中风"

每晚巴比都在怀念当他很小的时候
巴柏如何教他学走路,陪他玩搭积木的游戏

朗朗想到了她的外婆,
小时候她的左手腕总爱脱臼,每次
都是外婆在她的哭喊声中小心地
帮她抻直再送回去,在她破涕而笑中
搂着外婆的脖子喊"狼外婆"

巴柏终于回家了! 却不能动,也不认识任何人。

巴比不相信巴柏不认识自己,从巴柏
喉咙里发出那可怕的声音后

比巴跑回了自己的房间,他既难过又害怕
仿佛他的爷爷从此戴上了面具

朗朗抬起头,认真地看着外婆的眼睛
她也害怕这样的事情降临在她的外婆身上
幸好,外婆转过身回应她的目光
像院子里那株长得最旺的牵牛花

"后来巴柏怎么样了,有没有好起来?"
外婆刮了一下朗朗的鼻子问道
"当然! 从那天之后
巴比就不断地给巴柏讲他们小时候
巴柏讲给巴比听的故事
垒积木给他看
巴柏从会眨眼睛、动手指开始
慢慢会说话,站起来扶着巴比走路……"

外婆,你该去染头发了
以后我要做你总是做给我喝的八宝粥
给你喝,还有这个
她努努小嘴,指着篮子里淘洗好的豆芽

外婆,你总是说自然界里种子的力量最大

它能破土而出,生根发芽

我比巴比幸运!

2018.9.9

二年级的朗朗,看图写话本上
打了两个大大的错号

我的同桌"小张明"
"小张明"是谁？我和老师同问
我本来要写小张,心里又想着叫小明
一不留神就成了小张明
那怎么改？老师就让在
这三个空格里改

小明明,哈
小可爱,哈
小淘气,哈
小捣蛋,哈
你同桌:王逸轩,哈
妈妈,就写张小明吧

同意,朗朗

继续,"张小明"今天没来上课
他"应该"在家生病了
这个妈妈就要批评你了
什么叫他应该生病了
还是要在这两个空格里改吗
是的,妈妈

本来,嘻
朗朗的左手笑软了
打算,嘻
朗朗的右手笑软了
心想,嘻
朗朗的鼻子笑塌了

我就是不想写"可能",妈妈
明天你还辅导我作业吧,求你

2018.1.24

雨天上课

1

进电梯的那一刻
大衣口袋的铃声像六月的
山猫,蓬松的尾音
总要脱落一些

我和姐姐踮起脚,用眼睛拽出
那个后脑勺有些斑秃的
快递员,左臂下
夹着的包裹上最后一行字:
微笑服务千万家

人们的脚尖都朝外咧着
小牛皮混杂着橡胶底的运动鞋
像菜市场里大葱的旁边

总有胡萝卜或土豆陪伴

2

楼下有雨
雨滴像是上次去宽窄巷子
看一位画画的叔叔
提笔时那圆鼓鼓的笔尖

快跟上！妈妈扭过头来
用焦糖色的声音喊
一定是今早我们上课叫的预约车来了
她口袋里的电话铃声再次急促地响起
像惊蛰时的蟾蜍，猛然
吐出衔在嘴里的泥巴
睁开了眼，撞在了松树上
又撞在了灰色水泥墙上

3

妈妈叫的那辆车，已经把屁股

停好，一闪一闪地朝我们

眨眼睛了

在开后车门的时候

我看见妈妈用力过猛

小拇指被折了一下

像张伯伯偏瘫的腿悬着

可她咬了一下嘴，没出声

快速探头躬身对司机师傅

点头问好，说下雨，说孩子磨蹭

让他久等了

那位叔叔正不耐烦地

回过头来，说这里不能停车

说他已经打过两次电话

看见妈妈背上的巨大琴盒

我们头发都屋檐一样滴着水

他像训练有素的指挥家

目不斜视

车里一度像是冬眠

等车开到一半的时候

那位叔叔说

他的女儿也和我这么大

短发头,爱笑

说他今早出门两个多小时

只接了连我们在内的三个单子

只怕不够油费

雨天,大家都出门磨蹭

前两个他都足足等了十几分钟

说他这次有些急躁

不该雨天催我们

请多理解

接下来在车上,我们像意外

捡到一张植物园的门票

有鸟鸣和阳光还有池塘

他说这些话的时候

我并没有看见这个叔叔的脸

可我哈了口气在车窗上

把他的眉毛画得又浓又软

鼻子画得又挺又直

嘴巴画得又大又弯

像平时下午放学,每一个

来接孩子的爸爸一样

微笑着

2018.2.7

择日而至

一面铜镜

用报纸裹着,夹在

无处可寻

择日而至的缝隙里

偶尔,我会靠着沙发

借着昏暗的壁灯,看一眼

那锈迹斑驳的铜镜

背面

长着爪子和翅膀的

一对飞仙

那对飞仙,男女莫辨

手里端着的那盆莲

有没有在梦境里

再隐去一片花瓣

此时黄昏开始浸染空气

后　记

今年惊蛰以来,校园的树长得更繁密了。每日我都会坐在梧桐树下,看一会阳光从树间筛洒而下,地上那些阴影斑斓,再抬起头来,看树梢上的喜鹊如何从窝里飞出,化作盈盈的虚线,最后目光捡拾回来的竟是一只乌鹊。

刚开始写诗的时候是激情推动着我,内心翻江倒海,而急急落在纸上冥思苦想的也许只有一两句,或是灵光乍现的一两个字,便不知如何收场,停顿在那里的字句,只得踟蹰不前互相取暖。直到第二本集子,才感觉它真正成为了我内在时间的祭品。每当我触摸它,会再次感觉到通向内心秘境的回流。我感谢它竖在那里成为界桩,记载着我探索的边缘,和我将要何去何从的方向。

从这部诗集里我开始输入一个Z小姐。最初她进入我的视线是无意识的。她只是记录我的点滴生活,但写着写着我发现她是我观察周围世界的一个角度、一个点,我忽然来了兴趣有了做导演的瘾。以前,只是我和这个世界

314

在发生联系,现在我进入她或是她,参与他们和这个世界发生关系,一切和往常一样又都不一样。

最后我要真心诚意感谢人文社能为新人出这样一本诗集,他们的魄力和眼光值得敬佩。也感谢孔令燕老师对此事的关心和推进。我还要感谢我的家人,是他们的理解、陪伴让我感受爱、拥有爱。再次感谢你们……

浅 浅

2019.5.20